随筆集

数学者の家

竹中淑子
TAKENAKA, Yoshiko

西田書店

数学者の家＊目　次

I

数学者の家

無限を考える

祖父の古い箪笥

II

北極圏の村フォート・ユーコン

随筆集

数学者の家

I

数学者の家

疎開先の書斎

私のおぼろげな記憶は、戦禍を避けて疎開していた福岡県の片田舎からはじまる。そこが、筑後川の支流に開けた耳納《みのう》連山を望む吉井という町であったことはあとで知った。

物心のついた頃、私の家族は、父と母、それに姉の四人だった。私はお寺の幼稚園に行っていたそうだし、すでに妹もいたはずだったが、そのあたりの記憶はない。どの家もそうだったが、戦中、戦後の食べていくのがやっとといった時代で、衣食住はどれも貧しかった。子供のおもちゃなどあるはずもなかった。

それなのに、借りている狭い家で丸々一室を占領している父の書斎には、目を見張るような立派なものがあった。それは、高く積まれた紙の束とガチャガチャと音をたてる手動の卓上計算機であった。灯火管制のもと、電気はつけられずローソクの明かりで何やら研究に没頭している父の姿とともに、紙と卓上計算機の置かれた暗い室の光景が今もぼんやりと目に浮かぶ。

紙の方はもう一種類、室に入りきれず、家の入口近くに置かれたものもあった。こちらは大きく巻かれた紙で、昔の新聞社の輪転機用の紙のようだったと言えばわかりやすい。巻かれた紙の中心部分はあいていたので、かくれんぼの時、その紙の中に隠れた記憶がある。

どちらの紙もわら半紙というのではなく、つるつるの立派なものだった。積まれている方の紙には、薄い水色の細い罫があって、端の方に小さな字で〝北川研究室〟と父の名を冠した研究室名が印刷されていた。物のない時代のこの多量の紙と計算機とは、粗末な家にはなんとも不釣り合いだった。けれども、子供心にもなんとなく誇らしい気持ちがしたものだった。

この紙と卓上計算機を使う父は、九州大学理学部数学科の若い教授で、当時、数学科が教室ごとここ吉井町に疎開していたので、学生さんたちもいた。父は大学でもそうだったようだが、家でもとても気難しく、時々怒った。でも幸い私たち子供には無関心そのもので、ほとんど会話もなく、被害を被っているのは母親だけだった。私たち姉妹は父の仕事を邪魔しないようただ静かにしていればよかった。

人は誰も、生まれる家を選べない。私は幸か不幸か、このような数学者の家に生まれ、そして育ったのだった。

良い思い出もないわけではない。わが家では、私たち姉妹、三人女の子が続いたあとで、年の離れた弟が生まれ、大喜びしたことなどはその一つである。別に男尊女卑というわけでもなかろうが、父は、女の子が生まれると、野球に例えてボール、男の子が生まれるとストライクなどとふざけていたし、数学をやっている人の家には女の子が生まれやすいとも言っていた。自分がスリー・ボールなもので、同僚や弟子の家に男の子が誕生するとやっかみ半分か「ああ、彼も数学者ではなくなったなぁ」などという。そして自分の家でまた女の子が生まれるとフォア・ボールになるからとそろそろストライクがくることを期待していた。

それにもう一つ、男の子でなければならない理由があった。娘の名前を、姓に川がつくからと、氵（さんずい）の漢字をあてそれに子をつけていた。しかもその漢字の読みが、長女（清子《きよこ》）、次女（淑子《よしこ》）、三女（滋子《しげこ》）と尻取りになるようにつけていた。それで、次は「げ」で始まらなければならなかった。さらに、子供が生まれるのももう終わりだろうから、「ん」をつけて、尻取りを終わりにしたかった。となると、女の子なら読みに「げん子」としなければならなかった。「げん」と読む、さんずいの漢字はあるにはあるが、「げん子」という読みは感心しない。氵を捨てるか、尻取りを捨てるか二つに一つである。だが父はどちらも捨てたくなかった。男の子ならば、さんずいを使って、「げん〇〇」とつける名は考えられうる。というわけで、生まれてくるのは男の子でなければならなかった。そうなれば尻取りも完成するし、フォア・ボールも避けられると……。そんなわけで、弟が生まれた時の家中の喜び方は今でも思い出すほどである。私が八歳の時で、まさに弟の誕生は、我が家のスリー・ボール後の単発のホームランといったところ。走者一掃とはいかなかったが……。

だが、母の苦労はまた一つふえた。赤ん坊の泣き声が気になる父に遠慮してか、弟が泣き出すと夜でも外に連れ出し、泣き止むと家に入ってくる。家に入ってまた泣き出せば、また外に連れ出す、この繰り返しだった。私は母の大変さに同情したが、ずっとあとになってその母に「あなたの方がよほど癇が強くて、泣き出すと泣き止まなくて困った」と言われて、なんともいえないすまない気分になったものだった。

敗戦後、数年たって父の務める大学の理学部が疎開先から福岡に戻ると、我が家も福岡市に戻ってきた。新しい家は、博多湾に注ぐ樋井川《ひぃかわ》という小さな川辺から少し入ったところにあった。海風が吹くと、潮の香りがした。福岡市では、進駐軍も見かけなかったし、戦禍を受けた焼け跡にも新しいビルが建ち、街は復興していたが、学校教育においても、アメリカの影響を強く受けているのがわかった。給食も始まったのだが、パンと一緒にまずい脱脂粉乳のミルクが毎日出て閉口した。

かつての敵国であったアメリカとの行き来も始まった。大学の研究者たちにも、ごく僅かながら、一九五〇年代には、アメリカなど海外に研究に行く機会が出てきた。父の外国出張が始まったのもその頃だった。当時としては、まだ非常に珍しいことだったので、最初の外国出張の時は、小さいながら新聞記事になり「北川教授、インド統計研究所へ」と見出しが出た。それも九州の地方版だけでなく、全国版だったようだ。

それから、二、三年後にもう一度「プリンストン大学へ」という小さな記事がのったが、それ以後は、さすがに記事にはならなかった。いまなら誰それが外国へというのをいちいち記事にしていれば、新聞がそれだけで埋まってしまう。この最初の「インドへ」という記事のインパクトは大きかったとみえ、私の当時のクラスメートからは後々まで「お父さんはインド?」などと言われた。

そのころ、米国への入国は厳しく、父も渡米のたびに、ビザ（入国証）をとるのにひと悶着あった。出発前日になってもアメリカ大使館はビザを出さない。ビザを待っていて、出発日が過ぎてしまって、東京から福岡に戻ってきたこともあった。原因は定かではないが、以前書いた本『統計学の認識』が関係していたようだ。なにしろ「統計学者は赤化する……」と言われ、大内兵衛氏、有沢広巳氏、美濃部亮吉氏など統計学者がひどい目にあった時代のすぐ後でもあった。

父の二度目のプリンストン大学行きからは夫人同伴ということになった。ということは私たち子供だけが家に残される、つまり、おいてきぼりにされるということである。残された子供の立場は哀れなものだった。小さい子供ほど哀れだが、私について言えば、高校受験のころも、大学受験のころも、父母はいないことが多かった。

〝帰国子女〟などという言葉が聞かれるようになったのは、それから十年以上も経った国際化時代になってからである。〝帰国子女〟は〝おいてきぼり子女〟に比べて、ずいぶん優遇されていると思った。

プリンストンの数学者

父の行ったプリンストン大学には、フィールド賞受賞の数学者、小平邦彦氏がいらした。戦後の焼け跡のまだ残る日本を発って、物理学者の朝永振一郎氏と共に船でアメリカに渡ったのは一九四八年のことだったという。小平氏は当初は一年間だけ、プリンストン高等研究所で研究し帰国の予定だったが二、三年後にはパーマネントの職（永久職）を得て、家族を呼び、日本では考えられないよい環境の中で研究生活を送っておられた。だから、日本に帰るなどということは考えられなかっただろう。

そこで、日本では「頭脳流出」という新語ができ、ちょっとした問題になってきた時期でもあった。「頭脳流出」といわれる長期滞在者とはまた別に、短期滞在の数学者や統計学者たちが、次々にプリンストンを訪れている。そういう短期滞在者を合わせた日本人学者たちの当時の失敗談などが、おもしろおかしく語り継がれている。次に私が聞いた話のいくつかを書いてみよう。

第一の話は、缶詰の話である。当時の日本では、庶民には缶詰などは手に入らなかったし、冷蔵庫など、家庭にあるはずもなかった。ようやく食糧の配給制は終わっていたが、食糧難の時代だった。そういう日本から、単身赴任してきた日本人の研究者の間で、缶詰が重宝されていた。マーケットには各種の缶詰が並んでいて目を見張ったが、その中で、特に「ブルドッグ印」の缶詰が美味しく口に合うということで、「ブルドッグ印」の缶詰の愛好者がふえていた。ところが、ある婦人が渡米してきて仰天、よく説明書を読んでみるまでもなく、その缶詰類は、人間様用のものではなく、印通り、犬用のフードだった。日本人の数学者の中には、この「ブルドッグ印」の缶詰を食べ続けた人が何人かいるはずで、その後、〝吠える数学者〟というのは確かにいた。

プリンストンでは「外を歩いているのは犬と日本人だけ」と言われていた。そこでもう一つの話。

自動車社会にすでになっていたアメリカでも、自動車を持たないか、運転免許を持たないなら、歩かざるを得ない。しかし、晴れた日ならまだしも、冬の寒い雪の降る日に戸外を歩く日本人の姿は、とかく住民の人目に付いたらしい。その上、日本人はどういうわけか変な所で、自動車道を横切るのだという。そんなことが重なって、〝ジャパニーズ、クロッシング〟という言葉が出来た。これは、よく山の中の道をドライブ中、〝ディアー、クロッシング〟つまり、〝鹿が横切るから注意〟と書かれた立て看板を見かけるが、それから来たのだろう。

そのうちに、自動車の運転免許を取得した日本人の研究者が出た。ところが、どういうわけか、いつも同じ場所で、木にぶつかるのだという。そこで〝ジャパニーズ、キッシング〟といわれる場所が出現したという。

小平先生のお宅には、父母は時々お邪魔したようだ。行くと、いつも先生はピアノを弾いていらっしゃる。数学をやらない時は、ピアノで手を動かし、脳を休めていらしたのだろう。「小平氏が帰国するよう、極力勧めてくれ」と出発前に文部省の人に言われていたので、父がその話をすると、小平先生は「九九パーセント、日本に帰ります」と答えられた。しかし、小平先生のアメリカ滞在は、結局二十年近くに及ぶことになり、「小平先生は一パーセントの方を使った」と父はよく言っていた。

プリンストンの冬は、父の故郷の北海道小樽の冬を思い出させたようだ。

——踏みしめて　雪の細道歩みおり　幼きときも　かくてありなん——

などの歌を詠んでいる。自分の幼い頃を思い出すことはあっても、日本に残してきている自分の幼い子供たちに思いを馳せることはあったのだろうか。

父はプリンストン滞在の一年間のうちに一、二度、絵葉書をくれただけだった。大学のキャンパスを散策すると、若い中国の物理学者で、当時ノーベル賞を受けたリー博士とよく出会うと書いてあったり、通称「ガウスの家」といわれる大学の数理統計学教室付属の研究施設で、ボックス博士、トウキイ教授、ウィルクス教授たちとよく話をしているとも書いてあった。

ウイナー博士、フィッシャー博士の来日

五〇年代後半になると、外国の著名な学者たちの来日が始まった。福岡に講演にこられると、必ず我が家に寄られたので、子供の私も親しくお目にかかる機会に恵まれた。

私の記憶では、先ず最初に来られたのが、かのN・ウイナー博士（一八九四年～一九六四年）だった。一九五六年のことだったと思う。ウイナー博士は一般調和解析、ブラウン運動、フィルター理論などの数学業績に加えて、サイバネテックスの創始者として、数学以外の人にも知られ、一躍、時の人となっていた。ウイナー博士は生体と機械の働きについての類似性に通信と制御を統一する理論をつくり、その科学にサイバネテックスと名付けて、一九四八年に発表した。サイバネテックスの思想は、世界各国の科学者の間に広まり、二十世紀後半の人間的な科学であると研究が進んだ。さらに五十年には、ウイナーはそれについての一般向けの著作『人間の人間的つかいみち―サイバネテックスと社会』を著した。人間的科学とはいえ、人間と機械を同じ観点から見るという、人間的でない科学でもあった。

まさにサイバネテックス全盛時代のウイナー博士の来日だった。各地で、一般観衆相手の講演をした後、福岡を訪問された。博多駅に着いた博士を見ようとすごい人が出た。駅長室で記者会見が行われたのだが、どの人も皆「サイバネテックスとは何か」と同じ質問ばかりをくり返した。ウイナー博士は、それに対して、自動機械が記憶装置を用いて、指令通りに反応しているような答え方をした。正確だが、少しも人間味のない紋切り型の返答である。

その人気は、大正時代のアインシュタインの来日ほどではないにしても、後のホーキンス博士の来日に匹敵するものであったと私は思っている。

福岡での講演は、電気ホールの一五〇〇人収容の大講堂で行われた。その後、九州大学の父の研究室に来られ、今度は専門家を相手に脳波の実験の話である。脳波は、当時のウイナー博士の研究対象であったから、まさにホットな話題だった。脳波の時系列の自己相関関数スペクトル解析の話は、数学者のみでなく、医学部、工学部のその道の研究者を魅了した。

続いての来日は、近代統計学の創始者、R・A・フィッシャー博士(一八九〇年〜一九六二年)、インドの統計学者、マハラノビス博士(一八九一年〜一九六七年)そして、動的計画法(ダイナミック・プログラミング)の創始者、R・ベルマン博士(一九二〇年〜一九八四年)だった。三人とも、二十世紀の数学史、統計学史に名を残す泰斗である。また、父にしてみれば、尊敬著しく、学問の師あるいは友と仰ぐ人たちだった。

五十年代後半から、六十年初めのことだったから、今のように、こういう偉い人の来日の際は、立派なホテルの大広間で、レセプションを行うというわけにはいかなかった。だから、オフィシャルな会合の後のもてなしは、我が家の八畳の畳敷きの客間兼居間ということにならざるを得なかった。今から考えると、偉い人をあんな粗末な家によく招いたものだとあきれ果てるのだが……。

我が家に来客の際は、家族総出で歓迎というわけで、私たち四人の子供も駆り出された。

女の子の三人は、和服を着させられた。それは母の娘時代の着物で、戦争戦後の食糧難の時代も、食糧に変わることなく生き延びてきたものだった。和服を着ると、〝借りてきた猫〟のように大人しくなり、〝枯木（いや若木）も山の賑わい〟となった。

母は大忙しで、今で言うなら、料理人兼ホステス兼エンターテイメンターというところ。数々の心尽くしの料理が、今まで役に立つことのなかった母の嫁入り道具の古い漆の御膳に並べられた。時には、近くに住む、やはり外国によく行くハイカラな家庭の婦人が、大きな肉の塊をオーブンで焼いて持ってきて手伝ってくれたりもした。今で言うこのローストビーフは外国人には滅法好評だった。しかし、肉が足りなかったのか、気配りがここまで及ばなかったのか、取り巻きの私たちまで廻ってこなかったので、そのローストビーフがどんな味だったかはわからなかった。四〇年たってもこのローストビーフのことをよく覚えているのだから、食べ物の恨みはなんとやらである。

食事を終え、御膳を下げると、その同じ部屋で、母は琴を弾いた。三味線も弾いた。

R・A・フィッシャー氏が、白髪に白い髭で、福岡の板付空港に、姿を現した時のことは、よく覚えている。そして、前回のウイナー氏にしても、今度のフィッシャー氏にしても、どうして偉い人はこう白い髭を生やしているのだろう。うちのお父さんは、髭は髭でも黒いから、だめなんだろうと思ったことも。

フィッシャー氏の乗った飛行機は、予定時刻よりかなり遅れて到着した。私は言うべき挨拶の言葉をちゃんと準備していたのだが、悪天候で、機体がローリングしたと、父と話しているフィッシャー氏に、それを言うチャンスはなかった。代わりに、アドリブで「飛行機は揺れたのですか」と言ったつもりだったが、返事はなかった。かくして、私の記念すべき最初の機会となるはずの〝外国人との英会話〟は失敗に終わった。長身のフィッシャー氏は身をかがめ、私の顔を怪訝な顔でじっと見ていた。後で知ったことだが、彼は目が極度に悪いということだった。その時、父が「この子は、統計学を勉強することになるかもしれない」と言葉を繋いでくれた。フィッシャー氏はちょっと笑ったように私には思われた。しかし、残念ながら、父の言葉通りにならなかったのだが……。

それ以後、私は大変親しみをもって、フィッシャー氏を〝ヤギの叔父さん〟と呼ぶようになった。〝ヤギの叔父さん〟とは、福岡の長垂《ながたれ》海岸にも海水浴に行った。私たちは泳いだが、彼は浜辺のチェアーに座ると、すぐ紙を出して書き物を始めた。紙はみるみるうちに奇妙な計算式で埋まった。海水浴には興味を示さなかったが、海辺に来たのを喜んでいるように見受けられた。白い髭に、後ろから行ってちょっと触ってみたりした。

〝ヤギの叔父さん〟がどんなに偉い人かが本当に分かったのは、私が大学の数学科の専門課程に進み数理統計学の講義で、推定、検定などを学習し始めた数年あとのことだった。

マハラノビス夫妻の来宅

一九五八年、インドの統計学者P・C・マハラノビス夫妻が来日、我が家で夕食を共にされた。

色黒の博士は背丈が人並み外れて高く、鋭い眼つきでまさに学者といった容貌なのだが、夫人の方は背が低く、丸顔、小太り。絹の立派なサリーに身を包んではいるがあまり見栄えがせず、何か不釣り合いな夫婦のように見えた。しかし、後で読んだウイナー伝記の中には「彼女はチャーミングである」という文章があったのだが。インドは複雑なカースト制のある国である。夫妻はカースト制の最上位に属してはいたが、さらに細かく分けると、夫人の方がより高い家柄に属していた。それが結婚の妨げになり、結婚するのに三年待たなければならなかったという話だった。二人の間に子供はいなかった。

このマハラノビス教授が所長をするカルカッタのインド統計研究所には、父も何度も招かれ、母を同伴したこともあったので、ご夫妻とは大変親しくしていた。

カルカッタは熱帯で、連日三十八度を超える炎暑の貧しい人々の街。父の滞在中に四十七度の気温を経験し、一日七回水浴したこともあったという。貧しい生活をするカルカッタの中で、研究所だけは立派ですべて英国式にできている。父は研究所の四階に三室もらい、専用のコック付きで、朝は英国式に紅茶が運ばれてくるという生活をさせてもらっている。室に来て、床を掃除する人、テーブルを拭く人、殺虫剤をまく人、と皆別々だったという。

当時、この研究所は本来の統計学の研究者はもちろんだが、東西の学者が会合できる場所としての役割をなしていた。それはマハラノビス教授の一つの功績で、父がフィッシャー教授の教えを受ける機会を持ったのもここであったし、著名な歴史家のアーノルド・J・トインビーやソ連の学士院総裁のネスミヤノフ博士などと話をする機会も持った。統計的決定関数の理論の業績で知られるA・ワルド（一九〇二年〜一九五〇年）が、旅客機事故で逝ったのも、実はこの研究所滞在中の出来事だった。ネスミヤノフ博士夫妻と詩人のラビンドラナート・タゴール創設のサンテニケン大学を訪問したり、フィッシャー氏とそのお嬢さんとタジマハールを見に行ったりしている。

さて、マハラノビス氏の来日のことに話をもどすと、母は氏が夫人を同伴するということで、ずいぶんと気をつかった。というのも、夫人がアメリカで人種差別のいやな思いをしていたのを知っていたから。今では信じられないことだが、五〇年代当時は、アメリカでは白人と黒人の差別が厳しく、トイレも白人用と黒人用とに分かれていた。日本人は黄色人種と言われていたが、白と黒に分けると白い方に近いと思う日本人が多かったのだろう。母もトイレなどは白人用に入ったが、とりたてて文句を言われたことは一度もないと涼しい顔をしていた。「ここは白人用だ」と言われた日本人男性が、「私が白人の方に入って何が悪い。よく見てみろよ。白いか、黒いか？　おまえは鳥目か」とすごんだという人の話も聞くが、普通こういう場合「ソーリー」と言って引き下がり、大人しく黒人用に入る日本人が多かったのだ。ところで、マハラノビス夫人の肌の色では日本人のようにはいかない。夫人がある所で、白人用トイレに入りかかり、「お前は黒人の方に行け」と言われた。インドの最高カーストの出で、数十人の使用人を使う家庭に育ち、今もネール首相の夫人と友人として、ある時はカルカッタのファースト・レディのような存在の夫人である。インドのカースト制の最下位で、人でありながら人と見られない不可触賤民と見られたという思いに我慢ならなかったのだろう。夫人は烈火のごとく怒った。その気持ちは察するに余りある。以後、夫人はアメリカには二度と足を踏み入れなかったし、ほとんど海外には同伴されなくなった。

その夫人の来日である。母が気を使わないはずがない。しかし、日本ではその種の差別は当時もなかったから、その点では何事も起らず、福岡でも我が家でも滞在を楽しまれた。

夫妻で我が家にいらしたが、父と仲の良いマルクス経済学者の高橋正雄氏も一緒だった。我が家の玄関でちょっとしたハプニングがあった。それは、夫妻が靴のまま家の中に上がったのである。「おや」と思う間もなく、なんと同行の高橋氏はそれを止めるでなく、自分も靴で上がりかかった。さすがに父が、日本では玄関で靴をぬぐのが習慣だと説明して、三人に靴をぬいでもらって事なきを得た。

玄関から台所を通して隣の家まで見えるような狭い家である。広大な邸宅に住む夫妻はこの家を何と思っただろう。カルカッタなら使用人のしかも下級の使用人の家にも相当するだろうか。マハラノビス邸のタゴールのために作った応接間もあるという立派な家を一瞬、父は思ったという。

その狭さに仰天されたのか、統計学者のマハラノビス氏は、経済学者高橋氏にすぐに質問された。

「ここ北川家の経済は、日本全体でどのくらいの位置にあるのか」

すかさず高橋氏は答えた。

「ミドル・オブ・ミドルです」

と。つまり経済学者は、この家は日本の中流の中流であると答えたのだ。父はあとで言ったものだ。

「いや、ミドル・オブ・ミドルにはまいったよ。まさか、我が家が上流に属するとは思わないが、中流の中流とそう断定して言われると、ちょっと複雑な気持ちだなあ……」と。

（それ以後、我が家では、高橋氏のことをミドル・オブ・ミドル氏と言うようになった。）

マハラビス氏の質問は続いた。

「この家の土地の値段はいくらか」

それにしどろもどろに父が答えると、マハラノビス教授はその数値を何度も聞き直し、何やら暗算でもしている様子だったが、やがて先程の〝ミドル・オブ・ミドル〟の意味を納得されたようだった。

統計学者の博士は、この種の統計数字の質問をよくされるので、まわりの人は面食らうという。うろ覚えの数字を言うと、それはおかしいとくる。その数値を暗算して他の国の場合の数値や、一般の場合の比率などと比較し、頭の中で即、有意差検定をやっているようだという。さすが実務から統計学に入り、インドの洪水予測や食料調査などベンガル地方の標本調査で立派な業績を上げた学者である。

この時、どんな食事を出したのかは覚えていないのだが、その後はおきまりの母の琴の演奏となった。曲は母のおはこの「六段の調べ」「春の海」「高麗《こま》の春」「水の変態」などである。「高麗の春」を父は即座に「スプリング・オブ・コーリヤ」と訳した。「六段の調べ」の方は何と訳したか聞き忘れたが、今、私が訳すなら、「シンフォニー・オブ・シックスステージ」だろう。母は三味線も弾き、マハラノビス夫妻はそれに聞き入っていた。

ベルマン夫妻の来宅

ダイナミック・プログラミング（動的計画法）の創始者の、ベルマン（一九二〇年〜一九八四年）氏も何度か我が家にやってきた。かれの研究対象の広さは、一週間の予定表を見てみれば解る。

月曜日…ニューヨークのガン研究所員やランドの研究所員と、ガン問題への数学の応用の議論。

火曜日…ロス・アラモス国立研究所の数学者と、原子炉の設計、原子力利用の航空機の制御の議論。

水曜日…人工衛星の発射の数学問題（フィールド・バック制御など）の研究。

木曜日…電波および音波が異なる媒質の多重層の伝播する様子を数学的に解明しようとする研究。

金曜日…問題解決とは何かという哲学的な問題の同僚との議論。

となっている。

さて、ウィークエンドの土、日曜日はどうだったのか。その時は分からなかったのだが、後年それについて分かった。私が東京に出て務めることになった大学の先輩が回答をくれた。彼はベルマン氏のところに留学の経験があった。なんと彼が週末のベルマン氏のテニスの相手をしていたというのだ。彼もわが大学一のテニスの腕前なら、ベルマンもサンタモニカでは敵なしの強打のプレーヤーだった。ベルマン氏に日本の将棋を教えたのもその先輩だったという。

研究ばかりをやっていたわけではなく、ウィークエンドには人一倍スポーツを楽しんでいたのだ。無趣味で土曜日も日曜日もない父からは想像できないベルマン氏の一面だった。そしてベルマン氏はスポーツのあとシャワーを浴びるたびに、一つ論文が出来ると言われていたという。スポーツで汗を流した後は、確かに頭が冴えるのは経験したのだが、私の如きは凡人の悲しさ、その冴えを論文書きには使えなかった。

ベルマン氏（ディック）を板付飛行場に迎えに行った時ショッキングなことがあった。今回はベルマン氏御一行様はお嬢さんを連れて三人での来福であることが、飛行機から降りる姿ですぐわかった。母はアメリカでもお世話になったベティ夫人の二回目の訪問を楽しみにロビーで三人を待っていた。姿が見えるとディックは父と抱き合って再会を喜び合った。母とベティ夫人もそうするものと私は思って見ていた。しかし、その横で母は呆然と立ち尽くしているだけだった。ベティ夫人ではなかったのだ。夫人が変わっていたのだった。前に知らせておいてくれればよいものを……。さらに驚いたことには、お嬢さんと見た派手なバックレスのドレスを着た若い女性がベルマンの新しい夫人で、夫人と見た女性は実はこの夫人の母親だった。なんのことはないベルマン氏は新しい夫人とその母親を連れて来日したのだった。

ベルマン夫妻も、興味旺盛に狭い我が家をすみずみまでよく観察して帰られた。それから何年かして、父が渡米した折、今度はディックのサンタモニカの豪邸に夕食によばれた。「今日は日本料理をご馳走するから」と、すっかり日本通になっているディックからの誘いだったし、長いこと日本料理を食べていなかったので、父は意気揚々と出かけて行ったという。

ニーナ夫人の用意した夕食のテーブルに並んでいたのは、小さな茶碗にこんもりと山型に盛られたごはんで、そのご飯の真ん中に割りばしが立てられていた。「な、なに、これは……」そしてその横には醤油の小瓶が置かれていた。「さあ、食べろ、日本料理だ」とディックは得意顔ですすめる。「これには参った。どうやって食べるか」と。そしてそのうちに気が付いた。これはお仏さんスタイルではないかと。仏壇のお仏さんにご飯を供える時、こうやると。そしてかつて来日した折、祖母の室にあった小さい仏壇にいたく興味を示したデイックとの会話が思い浮かんだという。

「この中には何が入っているのか」と仏壇を覗きこみながらディック。

「仏さんだ」と父。

「仏さんとは何だ」

「………」

という会話だった。そのベルマン夫妻来宅の時も、何時ものように祖母は、この仏さんスタイルで仏壇にご飯を供えていたのだった。

もう一つ、ベルマン氏との面白い話がある。父はアメリカで、ある時、「彼のワイフはゲイシャ・ガールらしい」という話を耳にした。ところがその彼とは自分のことだということに気が付いたという。話の出所はどうやらベルマンのようで、来日の折の我が家での母の琴の接待によるものらしかった。〝日本のゲイシャ・ガールは琴を弾く〟、〝キタガワのワイフは琴を弾く〟したがって、〝キタガワのワイフはゲイシャ・ガールだ〟という、数学者らしからぬ変な論法でできた話のようだったが、父はこの話をまんざらでもないようで、否定も肯定もせずにおいたと笑っていた。

豊かな発想、独創力、数学的才能をもって、現代社会を解析し、研究論文七〇〇編、著書四〇冊の輝かしい業績を持つベルマン氏にも不幸な晩年は早く訪れた。脳に腫瘍が発見されたのだ。散歩中、自転車にぶつかり、それが機会に見つかったということだった。手術でその腫瘍は取り除かれなければならなかったが、その腫瘍は非常に難しい位置にあった。彼は現代医学を信じると言い、アメリカ随一の脳外科医の腕にすべてを任せることになった。手術は成功し、腫瘍は切除された。しかし、その代わりに視力を失った。

手術後のベルマン氏を、父はサンタモニカの家に見舞っている。もう昔の精悍さはみじんもなく、庭に作った水中歩行用のプールで歩行訓練をしているディックを見たという。

それから何年か過ぎ、ある日、福岡にいる父に聞き取りにくい電話がかかってきた。ザーザーという雑音の入る当時の海外からの電話の通話の悪さのせいもあり、その電話の主がディックであるというのがわかるまで時間がかかった。もう少しで切ってしまうころだった。

「……トシオ……」

と力のない声がかすかに聞こえたが、それ以外は何を言っているか聞き取れない。病院からかけているのか、自宅からかけているのかもわからない。そして何もわからぬまま電話は切れた。父は用事の電話なら、回線状態のよい時にまたかかってくるだろうと気軽に考えていたという。ディックの訃報が届いたのは、それからすぐ後だった。

リチャード・ベルマン。享年六十三歳、ダイナミック・プログラミングの生みの親の若すぎる死。一九八四年のことだった。

かけあい漫才「ウイナー家で」

晩年になると、性格が穏やかになる人が多いというが、父の場合もそうだった。そういう人を見ていると何か軟化したとでも言うのか、私にはむしろ昔の父の方が好ましく、生涯一貫してほしいものだと思ったりもした。また私が見るところでは、父の書くものに数式が少なくなるにつれて、性格が穏やかになった感があるから、穏やかさの度合いは、数式の頻度と負の相関をもつということか。

その頃になると、もう父は数学者、統計学者とかいう顔ではなく、経済学者、物理学者、生物学者、農学者、工学者という多方面にわたる人たちと交遊をもち、情報科学の創始に夢中であった。その交遊のグループから、今は盛んになった「情報科学」という言葉も誕生したのだという。今日のＩＴ時代の到来を予想してのことで、共立出版の『情報科学講座』(全六十三巻)、学研の『講座情報社会科学』(全二十巻)の刊行も行っている。

家庭にあっては、父が夕食のあとにチャップリンの真似や、漫才もどきをはじめたのはこの頃だった。へたな漫才師で、出し物も二つ三つしかもたなかったので、聞かされる方がアドリブでチャチャを入れなければ話は何時も同じになる。その演《だ》し物の中でもさまになるのはウイナー博士との出会いと、ウイナー家訪問の話くらいだった。

第一の場面は一九三五年の上野駅。弱冠二十六歳の数学者の卵であった父が、大数学者ウイナー氏に話しかけているところ。それはウイナー氏が一九三五年中国から帰りに招かれて来日された時のことで、東京から仙台に向かう上野駅に、池原止戈夫氏に伴われて行った。お得意の場面。

「ウイナー教授に、自分のやっていた関数方程式の問題について説明したんだ……」と父。もう何度も聞かされている話なので、その話の続きはよく知っている。そこでこっちが合いの手を入れ、話を進める。

「そしたら……。自分が何年か前に出した論文を読みなさいとウイナー氏は答えたのよね」

「そうだ!」

「ところが、そんな論文はもうとうに読んでいる。その方法では、自分の考えている展開定理が得られないから、質問しているのよね」

「そうだ！」

「それで話を変えて、ブラウン運動について話をしたのよね」

「そうだ！」

「そしたら、ウイナー氏はブラウン運動について、酔っぱらいの歩行に例えて身振り手振りで話してくれたのよね」

「そうだ……」

ってな具合で、第一場面は終了。


第二場面は一九五八年の米国マサチューセッツ州ケンブリッジ郊外のウイナー家。

米国滞在中の父が手紙を書き、ＭＩＴ（マサチューセッツ工科大学）にお訪ねして、是非、お話を受け賜わりたいといったら、早速折り返し返事が来て「君に話しておきたい統計理論をもっているから是非来てくれ。来たら自分の家に泊まってくれ」と言われて出かけた時の話。

駅まで、ウイナー氏自ら迎えに来て下さっているなどとはつゆ知らず、父は汽車を降りるとさっさとタクシーを拾って、ウイナー家に行ってしまう。玄関に出てきたマーガレット夫人と話しているうちに、ウイナー氏は客を逃してバツが悪そうな顔をして戻ってきた。

マーガレット夫人は、ウイナー氏と出会った頃は大学で言語学を教えていたが、結婚後は夫のよきマネージャー兼セクレタリーに徹している。まさに凄腕だという。この時もただちに二人に夫人の指図が下った。夫には中国語で「いい子、疲れているから眠りなさい」とベッドに追いやる。父には、細々と明日、明後日のスケジュールを作ってくれる。その日の夕食はMITの食堂でと決められ、父も二階で休むことになる。二階に上がると隣室から、ものすごいイビキが聞こえてきた。

翌朝は二時間の勉強時間と決められたのだが、その時、ウイナー氏は確率理論における非線型諸問題というのを父に講義してくれている。話は全部できているが、自分のどの著書にも論文にも書いていないと言って話し出し、終わりそうにもなかったが、夫人から勉強終了の指示が出て、次はMITに連れて行かれる。すっかり夫人に制御されているウイナー氏を見て吹き出したくなる場面もあったという。

ある時、夫人の留守中に自分で食事をするようにいわれた。この時の話はもう何度も聞いているので、こちらとて覚えている。そこで掛け合い漫才となる。

父は食堂に行って、冷蔵庫を開ける。

「それで、ウイナー家の冷蔵庫には、ブルドッグ印の缶詰はあったの?」と私。

「おまえ、知らないのか、ウイナーは菜食主義だよ」と父。

「あ、そうか。じゃあ、ブルドッグ印の缶詰なんか入っているはずないんだ。肉類は食べないのだから……」

「そのとおり、乳製品ばかりだ。それに野菜だ」

「それで、お父さんはどうしたの」

「そのまま食べたさ」

日本でも、台所など覗いたこともない父が、一人で食事の用意をしている姿を想像すると吹き出してしまったものだ。

これで第二場面も終了。


我が家では夕食後、時たまこのような同じ漫才師による、同じネタの同じ観客に対する漫才が繰り広げられたことになる。しかし、ふざけるのもそこまで。漫才師ははっと一瞬我に返る。あゝ、何と無駄な時間を過ごしたことか、もうこんなばかばかしいことはやっていられないと言わんばかりに話を切り上げると、さっさと自分の書斎に引き上げてしまうのだった。この種の漫才は、今も鮮やかに耳に残っている。もし声に色があるのであれば、それはセピア色の話ということになる。

私の中で、父がもっとも父らしかった頃、父は子供たちが言葉をかけても、言葉を返してくれるような雰囲気ではなかった。自分の周りにいたる所、反射壁を持つ人で、投げたボールが壁に当たって跳ね返ってくるように、私たちの言葉も思いもそのまま戻ってくるだけだった。〝我、人に関せず、人、我に関せず〟の私の性格も多分にこんな父の影響を受けたのかもしれない。

思えば、我が家のソロ・ホームランであった末っ子の弟は数学を専攻し、父の専門分野にかなり近い数学の研究者となった。私はといえば、数学の研究者というにはあまりにもお粗末だったが、数学への憧憬は人一倍強く、四十年の教師生活の中で、広範囲の数学の分野の講義を通して、学生たちに数学の美しさ、完璧さを幾分かでも伝えようと努めてきた。

今にして思う。もしかしたら、私たちの育った家に、父は飛び切りの名画というほどではないが、十分に鑑賞に耐え得る〝数学の名画〟の一つを架けておいてくれたのではなかっただろうか。この幻の絵はパステル画だったのか、油絵だったのか、はたまた具象画だったのか抽象画だったのか。その絵を子供たちが見ようが見まいが、また、どういう見方をしようが、それは自分の与り知らぬことと突き放してはいたのだが、父にしてみれば、それが子供たちに出来る唯一のよいことだと考えてのことだったのだろう。

今はそう思いたい。私は〝数学という名画を見ながら育った〟とそう思いつつ、もう遠い昔のことになった玄界灘の潮の遠鳴りのかすかに聞こえた、福岡の父母の家で過ごした幼い日々、娘時代を懐かしむのだ。

無限を考える

無限を感じる

「無限！　これほど人間の精神を深く感動させた問題は他にありません。人間の知性をこれほど豊かに刺激した概念もありません」（数学者ヒルベルトの言葉）

無限について、人類は太古より、憧れもし、時にはタブー視もし、また恐れてもきた。〝創世記のバベルの塔〟では、無限に達せよ、天に届けと、百メートル登る螺旋階段を配した塔を作った。そしてこれは、無限に近づこうという人間の空しい努力の寓話となった。バビロンの空中庭園にも、天に届くことを意識した建造物がある。

時代が変わっても、無限に対する思いは変わらない。宗教者、神学者、哲学者にとっては、無限は永遠かつ神聖にして全能者であった。画家にとっては空と海の広大な青が無限の感覚的な象徴で、ゴッホは、眼前の影のない平原を描き、「私は無限を描いている」と言ったという。詩人は無限を讃える様々な詩を作り、音楽家は、沈黙を無限の隠喩とした。探検家は、広大な海原、果てしなく続く陸地に無限を思い、海へ大地へと繰り出していった。

また驚くべきことは、明確な無限という概念が、実に紀元前六〇〇年頃、日本で言えば縄文時代の古くに、すでに知を愛する人々の考察の対象となっていたことである。西洋哲学史の最初の人物と言われるターレスは「万物（の根源）は水である」といい、その弟子の一人は、「この世界の根源は水ではなく、もっと限定されないもの、生じも滅しもしない無限のもの」と言ったという。雑多にして、一見秩序のない、あるいは万物流転の如きこの世界において、根源の唯一つなるもの、永久なるものが模索され、その延長線上に、無限とは何かの追求もなされたのではないだろうか。

エレアのゼノンがかの有名な運動、無限に関する四つの逆理を提唱したのはこの後である。この時代にすでに、無限について議論する人がいたとは驚くことではなかろうか。

さて、無限は、私自身についてはどうだったのだろうか。

無限という概念を漠然と知ったのは、何がきっかけだったのか。たぶん子供の頃、漆黒の夜空を見上げ、神秘に輝く無数の星を見て、人間の小ささを感じ、果てしなく広がる空間、永久の時間に思いが至った時のことではなかっただろうか。夜空とは言わず、地上でもそれはある。はるか遠くまで見渡せる原っぱで毎日遊んでいた幼い頃、帰るのを忘れ夕闇がせまり、今来た道が見えなくなる心細さ。そんな時にふっと思ったものだ。この道のずっと先はどうなるのか、地平線のむこうでは消え去るのかと。また、雨上りの空の七色の虹のむこうにいったい何があるのかとも思った。このように私にとっての無限は、夜空の彼方、地平線の彼方、虹の彼方といった〝無限の彼方〟への思いが強い漠然とした情緒的なものであった。

はっきりと無限を知ったのは、数の無限が初めてである。小学校に入って、数を数えることを学ぶ。一つ、二つ、三つ…と。やがて、零がいくつも並ぶ大きな数があることを知る。『一、二、三、…無限大』という本が書棚にあるのに気が付いて、いったい、どこまで続くのだろう、きっと白鳥座の向こうまでと思うことはあっても、深く考えることはなかった。数に最大の数というものがあるかどうかということにも考えが及ばなかった。

最大の数に関しては、面白い小話があるのを知ったのはずっと後になってからである。ある二人の貴族が閑を持て余して、クイズを出し合っていた。どちらが大きな数を言えるか競争しようということになった。まず一人が「貴方からどうぞ」と言った。それを聞いてもう一人がしばらく考えていたが、「あっ、負けました」と言ったというごく短いが、なかなか上手にできた小話である。云うもヤボだが、相手の言った数に一を加えた数を言えばよいのだから、先に言った方が負けである。

またもう一つ大きい数に関する面白い話がある。昔、インドの賢者がチェスを考案した。喜んだ王様が褒美は何が良いか、何でも言ってみるようにと言った。賢者は答えた。

「チェス盤の升目の数だけ小麦を賜りたい。第一の升目には小麦一粒、第二の升目には二粒、第三の升目には第二の升目の二倍、というように倍増していき、最後の第六十四番目まで積み重ねた小麦の合計を下されば結構です」

王様はこの褒美があまりに過小なものに思えたが、本人がこれでよいというのならと同意した。ところが実際に計算してみると、［$1+2+2^2+2^3+\cdots+2^{63}=2^{64}-1$］でこの小麦の量は大変な量となり、王様の穀物倉の小麦の容量を超えるのみならず、なんと当事の世界の小麦生産量の何年分にも相当する量になったという。ちなみに、この小麦の総量は一八兆の一〇〇〇万倍で、途方もない大きな数である。

思い返せば、子供の世界には、数の無限に気が付く機会はいくらでもある。庭でアリのどこまでも続く行列を見た時、海辺の砂浜で金色の砂を掬った時、また窓ガラスを割り、ガラスの破片がこっぱみじんになった時、これらのアリの数、砂浜の砂の数、窓ガラスの破片の数はどれも無数だと思った。無数の星々といったのもそうである。この無数という言葉、無限という言葉と似ているが、まったくの別物である。数えられないほど多数だから無数という程の意味で、今でいう有限と無限との区別は実は出来ていなかった。中学生の頃までそれは続いていたように思う。

しかし、先にも述べたが、人類の歴史を見ると、既に紀元前に水は沢山あるが有限であるといったターレスの弟子もいたし、かのアルキメデスは、全世界の砂の数は無限ではなく有限だと主張していた。またπの値を、円の内接多角形、外接多角形（六角形、十二角形、四十八角形、九十六角形……）の周辺の長さを求めることにより、近似的に求めている。今の言葉で言えば、辺の数が無限になる時、πは、これらの多角形の長さから得られる極限であることを知っていたのだろう。このように、人類は無限というものをすでにはやい時期に知っていたことになる。〝個人発生は系統発生を繰り返す〟という言葉があるのだから、一個人としての私も、もう少し早い時期に、無限というものをはっきり認識できなかったものだろうかと思う。

ところが、高校生、大学生になると、無限大、無限小など無限の付く概念、また無限という言葉はつかずとも、収束、発散、極限、連続、微分、積分など、無限なしには考えられない概念がいたるところに出てくる。

数学科に進んでからは、さらなる〝無限漬け〟の毎日であった。有限数学の分野でも、無限の概念は巧妙な役割をもっていた。たとえば、射影幾何では、無限遠点、無限遠直線を導入することより無限が入る。数学は無限を扱う学問であるといわれる所以である。ただし、各所に無限ゆえに起きる逆理も見てきた。

以上が、私の無限との関わり合いである。顧みて、幼い子供達、これから科学を学ぶ若い人たちに、若い時に、無限に限らず、いろいろの神秘を体験しておいてほしいという思いは強い。それらは、科学や芸術の源泉になるだろうから。

数学的無限

無限は多種多様な顔をもつが、ここでは、特に、数の無限について考えてみよう。

数の無限を説明するには、集合の話をすると分かりやすい。集合には、有限集合と無限集合とがある。集合の要素の個数が有限個ならば、有限集合と言い、そうでないなら、無限集合という。自然数全体の集合は有限集合ではなく無限集合である。なぜなら、自然数は1、2、…、n、n＋1…と表され、nが自然数ならn＋1も自然数であるから、自然数全体は有限個ではないからである。この自然数全体の集合の要素と一対一の対応がつく要素をもつ集合を可付番無限集合という。たとえば、奇数の自然数全体の集合、有理数全体の集合、これらは可付番無限集合である。

この可付番無限集合を理解するため、分かりやすく説明する面白い話が作られている。この話の元祖はある数学者によるものであるが、いくつものバージョンがある。私も文学部、法学部の一般教養科目の数学の講義でほとんど即興的に話を作り、学生に話したものだ。題して「宇宙空間の旅人」。

第一話　宇宙空間を旅する一人の旅人が宿を探していた。天の川の彼方にやっと見つけたホテルは混んでいてホテルのマスターは「あいにくホテルは満室でお泊めできない」と言った。しかし立ち去ろうとする旅人に、マスターは「いえ、ちょっとお待ちください」と言って奥に入って行った。しばらくして戻ってきたマスターは「どうぞ、お入りください。1号室にお泊めできます」と旅人を招き入れた。おかげで旅人は一夜の宿を持つことが出来たという話なのであるが、さてどうして？　マスターはどのようにして、満室のホテルに一人の旅人を泊めたのか？　なんのことはない、ここは宇宙空間で、このホテルは可付番無限個の室を持つホテルだったのだ。それならば、1号室にいた客に2号室に移ってもらう、2号室の客は3号室に、…n号室の客はn＋1号室に移ってもらう。こうすれば今までいた客は隣の室に移るだけで皆泊まれるし、空いた1号室に新しく来た客であるこの旅人を泊めればよいというわけである。

第二話　次ぎの日、このホテルの前が暗くなるほど多くの旅人が一夜の宿を求めてやってきた。その数は有限ではなく、可付番無限の旅人の群であった。満室のホテルに可付番無限の旅人。しかし、ホテルは可付番無限の室を持っている。さてどうするか。ホテルのマスターは臆せず、1号室の客を2号室に、2号室の客を4号室にn号室の客を2n号室に移すことで、空室となった1号室、3号室、…2n+1号室へ、新しい客を泊めればよいと。

第三話　その次の朝、一夜の宿を求めたホテルの前が暗くなるようだった旅人の大群が去って行った。可付番無限の客の去ったホテルは空き室だらけになる。空き室があっては、ホテルの経営は成り立たず、何時も満室にしておきたい。マスターははたと困った。さてどうするか。次に可付番無限の旅人が来るのを待たねばならないのか?

ここまで話すと可付番無限を理解する学生なら、解決策はすぐみつけることができる。さらに、この調子で、第四話、第五話…といくつもつくれる。学生にも作らせそれを発表させて、それだけで授業を終わるということもあった。可付番無限集合の和、差の性質を使ったこの種の話は、なにも宇宙空間の旅人の話でもなくてよいのだから、可付番無限集合の寓話の全体の集合はまた可付番無限集合となるだろう。

この無限集合の話を基に学生にさらに無限というものに考えさせる。「無限とは一口で言うとどういうことだろう」と問うと、いろいろ答えが返ってくるが、「無限とはあり得ないことの起きる世界である」というのもある。確かにすでにみたように、可付番無限集合は、それ自身の真部分集合と一対一の対応が付く。これは有限集合では成立しない話であるから的を得た答えの一つであろう。もう少し一般的にして「等しい、多い、少ないという属性は有限量にのみあって、無限量にはない」としか言えないのである。

では、実数全体でつくる集合は可付番無限集合なのだろうか。実はそうではないのである。簡単のため0から1の間の実数よりなる集合を考え、実直線上に0と1をプロットする。そこに、まず有理数をプロットする。有理数は少数に直してプロットすればよい。二つの有理数の間にはまた有理数があるという稠密性があるから、こうやって有理数をプロットし続ければ、実直線は埋まるかと思うが、そうはならずプロットされない点、〝穴〟が残る。ところが無理数をプロットすると〝穴〟は埋まる。無理数をどうやって数直線上にプロットするかであるが、これは例えば$\sqrt{2}$はコンパスと定規を使えば幾何学的作図より出来る。無理数を全部プロットすると、実直線は覆われ、有理数全部だけの時と違って、連続体になる。この実数全体の集合は非可付番無限で、可付番無限より高次の濃度（個数）をもつので、連続体の濃度といわれる。ここで、ちょっと変だと思われないだろうか。実数は有理数と無理数とからなり、有理数は可付番無限、無理数は非可付番無限、ここまではいいが、実直線上に有理数をプロットして残された〝穴〟とみた無理数が〝穴でない〟有理数より多いとは……。これは無限の逆理の一つともいえる。

これで、数の無限には、可付番無限と連続体の無限と二種類あることがわかった。分かり易くするため、この二つの無限のことを私は学生には、〝飛び飛びの無限〟と〝べたっとした無限〟と言っていた。

さて、次の疑問は、この二種の無限の他に別の無限があるかどうかということである。カントールは、無限集合の無限の階層を生成し超限基数を考え、超限基数の算術をも創った。そして「可付番無限の濃度と連続体の濃度の間に濃度を持つ集合が存在するか」という問題に取り組んだ。これは「連続体仮説」といわれ、おおかたは「否」と予想され、数学界の最大関心事の一つになった。そのことは、二十世紀の初頭の国際数学界でヒルベルトにより、「無限の概念ほど大きな解明の必要に迫られている概念もありません」と、この小文の冒頭に掲げた文章に続けて述べられたことよりも明らかである。

この「連続体仮説」の解決には、それから六十年かかった。ゲーデル、コーエンにより、それは驚くべき結果に解決された。すなわち、どういう仮定から出発するかにより、この仮説は「真」でもあり「偽」でもある。つまり仮説は集合論の公理とは独立で、これは受け入れられても拒否してもよい追加的公理であることが示されたのである。

このことは幾何においてかの有名な平行線の公理と言われる第五公準が、他のユークリッドの公準と独立であって、第五公準を他で置き換えると、非ユークリッド幾何（楕円幾何学双曲線幾何学）が出来るということを思い出させる。

宇宙論的無限

この宇宙船が有限なのか、無限なのか。もし有限なら、宇宙に境界があるだろうから、その境界とは何なのか、もし、無限の宇宙であれば、空間も時間も果てしなく広がるか。何と長きに渡り、何と多くの人々に、探究心を起こさせてきたことか。宇宙観は時代ごとに揺れ動いてきた。科学的な産物である宇宙でさえも、神の創造物であるという宗教的教義が、宇宙的無限を一層複雑にしたことは否めない。

無限の宇宙の考えが出てきたのは、中世になってからである。コペルニクスに続いて、ブルーノは、時間的にも永遠な大規模な宇宙を主張した。無限の空間、無限の時間である。この主張は、宗教者を怒らせたが、ガリレオの望遠鏡時代が始まり、ブルーノの主張は確かめられた。

十七世紀後半になると、万有引力を発見したニュートンは、地上の物理法則が天体でも成立することを数学的に証明した。地上でも宇宙でも、物質があろうが、空虚な空間であろうが、同じ法則に従う空間が無限に続くのである。宇宙が無限であるばかりでなく、宇宙はあらゆる方向で同じ構造を持つユークリッド空間とした。つまりニュートンの宇宙は常に変化することのないいわば入れ物の宇宙であり、絶対空間、絶対時間と言われるものである。

二十世紀の始め、一般相対性理論を発表したアインシュタインは、自分の方程式が、宇宙は有限であるが、境界のないことを意味する解があることを示した。アインシュタインは、ニュートンのように重力を離れたところから作用する力を考えず、場の性質とし、非ユークリッド幾何を用いて重力場の空間を説明している。空間は、星や銀河系のような大きな重い物体の近くでは曲がり、非ユークリッド的性質をもつ。これを宇宙全体に適用すると、その平均密度は空間を自分自身の上に曲げるのに十分である。したがって、宇宙は有限であるとなる。しかし、境界線がなくどの方向にも限りなく進めるという意味で、宇宙は境界がないとなる。これが、〝宇宙は有限であるが境界線がない〟の説明である。たぶんに誰にでも、なんとなく分かったようで、分からないと思わせる結論である。

実は、アインシュタイン自身も、自身の相対論から導き出される、宇宙は時間も空間も相対的なもので伸び縮みし、宇宙は自らの重力で収縮するということが信じられなかった。そこで、相対論の方程式に、宇宙項という定数を入れ、永久不変な静的宇宙になるように補正した。

ところが、数学者のフリードマンは、その宇宙項をゼロにして、その代わり宇宙の質量をいろいろ変えて計算した。すると、宇宙の全質量がある一定値より小さいと、宇宙は限りなく膨張を続け、一定値より大きいと、膨張した後収縮に転じ、これを繰り返すことを意味する解を得たのである。

アインシュタインの信じる静的宇宙と、理論上のこのフリードマンの膨張、収縮する宇宙とどちらが正しいのかは、それから十年ほど後のハッブルが観測した〝遠ざかる銀河〟で決着がついた。観測に基づき「遠く銀河の後退速度は、ここからの銀河までの距離に比例する」というハッブルの法則が得られた。つまり宇宙全体が膨張していて、アインシュタインの導入した宇宙項は不要だったのである。アインシュタインは、宇宙項を導入したことを〝生涯最大のヘマ〟と言ったという話は有名である。

その後、宇宙が膨張しているのなら、逆に時間を遡っていけば、宇宙誕生がわかる。というわけで「ビッグバン仮説」が以後賑わうことになる。

無限へ！

無限でなく、有限で境界がないと解明された宇宙。その構造はどうなっているのだろう。宇宙は、小さな天体がより大きな天体を廻るという規則正しい階層で出来ている。月は親惑星である地球を廻り、地球はその親惑星、太陽を廻る。このように星は銀河系の中心を廻り、その銀河系はより大きい銀河系を星団となって廻り、さらに超銀河星団をつくっていくという。これが、現在考えられる宇宙の構造であるが、この階層の話は、先にも述べたカントールの無限の階層を思い起こさせるではないか。

ともあれ宇宙探求の尽きない願望は科学の世界、観測可能な範囲では満たされつつある。その夢の多くは宇宙探査機に託され、宇宙の遥か彼方に存在するであろうとの期待のもと、異星人（宇宙人）、または地球外の知的生命に、太陽系に住むわれわれの存在を知らせようという試みにまでなった。

最近、二つの宇宙探査機が報道されている。一九七二年に打ち上げられたパイオニア十号と、一九七七年に打ち上げられた、ボイジャー一号である。両機は前後して、共に太陽系を離れた。前者は一九八三年に海王星の軌道を、後者は二〇一二年に冥王星の軌道を横切った。

パイオニア十号が人造物として初めて太陽系を脱出した時、この快挙をＮＢＣイブニングニュースは、「無限へ！」と報じた。この「無限へ」との言葉は一瞬違和感を持つむきもあろうがこれは比喩で、まさに万人を納得させる比喩である。宇宙は有限だということになっているのではないかなどと言っては〝専門バカ〟のそしりを受けるだろう。二つの探査機の飛行は永久に続けられること、また、我々人類の異星人へのメッセージを彫り込んだ金属板も乗せられているというので話題になった。

ところが、これらの機が次の恒星の近くを通過するのは、なんと約四万年後だという。そこまで地球の人類が存続している保証はないと、新聞記事にもあったが、この探査機は、更にその後も星間空間を飛行し続けるという。人類存在の保証がないとなれば、せっかく異星人がメッセージを返してくれてもどうにもならない。地球の存在さえ怪しいこともあろうという。地球はすでに、膨張して赤い火の玉となった太陽に焼かれ、消滅している。そんなシナリオも想像される。

地球外知的生命体

さて、宇宙の遥か彼方に存在することが期待される地球外知的生命体、或いは異星人（宇宙人）とはいかなるものであろうと、それに思いを馳せるのは、何と愉しいことか。今にも宇宙人が現れるかもしれないのである。

宇宙人の存在は、昔から人々の話題になってきたが、科学者の間で「宇宙人通信説」が出たのは五十年ほど前で、きっかけになったのは、宇宙からくる短い周期の非常に強い不思議な電波がキャッチされたことによる。実は、このパルスの発信元は宇宙人ではなくある天体であることがわかり、脈動する電波という意味で、パルサーと名付けられた。（パルサーは後に、超新星爆発の残骸、中性子星であることがわかった）今ではパルサーは千個見つかっているが、脈打つように点滅を繰り返すので、宇宙の道標になるというわけで〝宇宙の灯台〟とも言われている。

当初、宇宙からくるこの不思議な電波は宇宙人の地球人へのメッセージと受け止められたためか、宇宙人探しは高度な電波天文学の一つの領域になった。

米国のシリコンバレーには「地球外知的生命体探査研究所」というのがある。何十台もの電波望遠鏡で集めた膨大な信号の中に人為的な規則性のあるものがないかと、コンピュータで解析する。なにしろ〝我々の銀河系〟には一千億個という星があるのだが、その中で地球に似た環境の星について調べるという。すでに数千個の星が調べられており、あと十年で一〇〇万個の星が調べられるから、その頃、宇宙人の見つかる可能性があるとの新聞報道もあった。

ただ、私はいつも思うのだが、宇宙人や知的生命体をあまりに地球人的発想で考えすぎてはいないかということである。水素や水がなければ生命体は存在しないというのは地球の生命体についていえることで、地球外ではたしてそうなのだろうか。最近も土星の衛星エンケラドスの海底に熱水活動でできた物質が確認され、生命誕生の可能性があると報じられたが、これはまさに地球的発想の生命体である。ところがすでに「宇宙生物学」というのがあり、地球外生命の誕生と存続の可能性が科学的に追求されているのだと聞く。

地球的発想をうんぬんするなら、さきに述べた二つの宇宙探査機が異星人の地球のメッセージとして何をもちいたかをみなければならない。ボイジャー一号には、地球外知的生命体と会話するのは、純粋な論理の形式である数学がよく、音楽で伝えるなら、数学的に構成されたバッハがよいということで、バッハの平均率クラビアーノ曲集の前奏曲（ピアノ演奏はグレン・グールド）のレコードが積み込まれている。

一方、パイオニア十号に搭載された異星人宛のメッセージを込めた金属板には、この探査機の形、地球人の男女の図、太陽系の惑星と地球の位置、〝我々の銀河系〟の位置は十四のパルサーで示し、そのための振動数や放射線の波長を測る尺度である水素原子の図、二進符号の数字が示されている。

位置をパルサーで知らせるというのであるから、これだけから推測しても、異星人は高度な知識をもっていると仮定されている。我々地球人がパルサーの存在を知ったのもそう昔ではない。異星人は宇宙観察の能力もあるのだから、地球人のいう非ユークリッド幾何学も、はたまた量子力学も相対性理論もすでに解しているとの仮定だろう。彼らにとっては宇宙が有限か無限かなどはすでに解決済みかもしれない。

また、視覚、聴覚などの五感もそなえた異星人であってみれば、心も発達していると推測できるから、文学を語り、詩を書く異星人がいてもおかしくない。まさか和歌や漢詩を詠む異星人はいないだろうが……。

近未来に

無限を考えようとはじめたこの小文、意外にも地球外生命や宇宙人探査の話になってきたが、無限という概念が、近い未来にどうなるかを考えて終わりとしよう。

くり返しになるが、古代ギリシャで誕生した無限という概念は、中世ルネッサンス、近代を経て現代まで脈々と息づいてきている。

数学的無限は、十九世紀以降の数学の著しい発展により解決された。また、宇宙論的無限というべきものは、宇宙は有限で境界がないとの一応の結論を得るに至った。

これら数学的無限と宇宙論的無限とが解明されたといって、無限が解明されたわけではない。無限は多様な顔を持っている。

私たちは、子供のころから、虹の彼方、夜空の彼方といった漠然とした、それ以上、考えの及ばないところに神秘を感じ、無限をみてきたのだが、二十世紀に生まれ育ったことで、前述のような無限に関する知識を得るという恩恵にあずかってきた。十九世紀の人々にはない恩恵である。

では、これから何世紀か先の世に生きる人々にとってはどうだろうか。さらなる著しい科学の発展で、地球外生命の存在などは明らかになるだろうし、今の数学的無限や宇宙論的無限に修正がよぎなくされるかもしれない。解明著しく、彼らに「二十世紀、二十一世紀の人々は、無限について、この程度のことしか知り得なかった」と言われることもあろうか。

しかし、無限という深遠な概念と、有限な世界に住む人間の小ささを思えば、そう簡単に無限が解明されるとも思われない。ほんの偶然により、ほんのつかの間の生を享け、たちまち消えていく存在にすぎない人間である。庭の片隅の土の中から、ちょっと顔を出して周囲を見まわし、水溜りを見つけたモグラが大海のことを考えるようなものではないか。

はたして無限という概念は今のままで充分なのだろうか。宇宙の定義もしかりである。知の地平線が拡大されれば、概念、定義も変わるだろう。その上、無限にしろ宇宙にしろ、科学だけで解明されるものでなく、そこには人知を超える暗澹たる世界が広がっているのではと、そんな思いもする。

ただ言えることは近い将来はもちろん、何世紀経っても、人はきっと今と同じように、無限の幻影を追い続け、その壮大さにふれ、畏敬の念をいだいているだろう。また、思想家、芸術家、科学者が、それぞれの立場から、思索、探求を続けていることに何ら変わりはないのではなかろうか。

過去のパノラマ

過去のパノラマ

私の全過去の情景がまるでパノラマのように、私の前に写しだされて見える……。そんなことが起きないものかと時々考える。

私の全過去の情景となると、その一番はじめは、おそらく、産湯につかる私の姿であろう。そのかたわらには産湯をつかわすエプロン姿の若い母がいて、その脇に珍しそうにそれを眺めるおかっぱ頭の三歳の姉、そして、そこに書き物の手を休めてちょっと気難しい顔を覗かせる研究者の若い父がいる。一九四〇年、大戦の足音の聞こえる頃、福岡に移り住んだ私たち一家のこんな情景ではなかろうか。

全過去の情景をパノラマ的に見るという現象は「過去のパノラマ」といわれ、その出所は直接の言葉は使われていないが、フランスの哲学者、H・ベルグソンの「物質と記憶」にあるという。〝精神の実在と物質の実在を肯定して純粋知覚から記憶へと移行することで、われわれは決定的な仕方で物質を離れ、精神へ向かう〟との大変興味深い主題の論究が展開されるこの本、難解でお手上げの感がある。著者の版を重ねるたびに書かれた序文、あるいは本の終わりにある訳者（合田正人氏）の詳しい解説などを読んで少し解ったような気になるのみである。ただ、難解な著述のある部分的なことでは、他の人の引用文の助けを借りて、なるほどと頷くことが多々ある。

「過去のパノラマ」に限っていえば、石上玄一郎著『輪廻と転生』での引用文がそれである。以下はその孫引きである。石上氏がベルグソンの講演会で聞いたという、瀕死ののち蘇生した人がほんの一瞬の間に、自分の過去の全部をパノラマ的に眼前に見ることがあるとの話に続いて書かれたものである。

吾々の全過去が絶えずそこに存在していて、それを吾々が認めるにはただ振り返りさえすればよいということです。ただ、しかしそれを振り返ってみることができもしないし、していいものでもないのです。それをして悪いというのは、吾々の宿命は生活し、行動することであり、生と行動とは前を見つめることだからです。また、出来ないというのは脳の機構が、この場合、過去を吾々から覆いかくして、ただそのうち現在の事態のみを照明し、吾々の行動を有利ならしめるような部分だけを各瞬間において透視させるということをこそ機能としているのだからです。ですから過去をパノラマ的に眼前に見ることは突然の生への無関心に基づくものであり、自分が今、即死しようとしているという確信から生まれるのです。そして脳がその時まで記憶の器官として働いていたのは注意を生へ固着させるためであり、意識の場を有効に縮小するためだったのです。

この石上氏の文章はいくぶん科学的で、なるほどと頷《うなず》かされる。それにより、私はベルグソンの「過去のパノラマ」を次のように理解している。

自分の全過去は脳に記録されているが、普段にそれを見ることが出来ないのは、脳の機能によるものである。脳は現在の部分のみが照明され、過去の部分は照明されない、つまり過去は感知されない。というのは、人の宿命は生きていくということで、前を見ることである。そのため脳は、我々の行動を有利ならしめる部分のみを各瞬間において透視するよう機能する。ところが、何かの理由で、人に突然の生への無関心が起きると、覆い隠されていた過去が照明され、全過去がパノラマ的に見える。すなわち、自分の歴史の忘れられていたすべての出来事が詳細に、それらが起こった順序の逆に、わずかな時間に自分の前に次々と現れることになる。

実は、ベルグソンの前述の本を最初に読んだ時の読後感はといえば、なんとも情けない話だが、科学はありがたい、科学はいいなあという簡単至極の素朴なものだった。実験、観察など実証研究に比して、原理や仮説の研究をする哲学はわかりづらく分が悪いのはわかるし、科学が万能などとは思わないのだが。それから何度かこの本を開いてみたが、読んでいて、話がどの方向に進むのか皆目わからないというのでは、読みづらい。精神とか神とか魂とか、形而上の領域の一般哲学とは違って、この本のかなりの部分を占める記憶や脳の話は、時間、空間を考える科学哲学の世界であろうが、「記憶は脳の一つの機能とは別物である」との結論を目にすると、哲学者が論理を誤るはずはないから、仮説に不十分なところがあるのではと不遜なことを思う。もちろん鴻儒碩学に対する燕雀のぼやきの域を出ないであろうが……。

この『物質と記憶』は、当時の先端の科学知見を動員しながらの検証であると書かれているが、今からみると、それらの科学的な例は極端に少なくまた偏っている。この本が書かれてすでに一世紀以上経っていて、その間の科学の発展、特に神経生理学や脳科学の進歩は著しい。論拠に科学的な補強がなされているが、あるいは不要な著述もあるのではなかろうか。この点、現代最先端の科学者が「過去のパノラマ」を論じてくれたらなぁと思う。もちろんそれは哲学者でもかまわない。科学の成果を用い科学的世界像の中で、人間とは何かを考える哲学も最近はあると聞く。抽象的テーマを難しい言葉を駆使して延々と論ずるといった文学に近い所謂哲学ではなく、日進月歩の科学の成果と歩を同じくする哲学であって欲しい。

とはいえ、哲学も科学も探究の仕方は同じであろう。ある小さな部分の性質をみて、その後ろに横たわる暗澹たる巨大な事物を探求する、哲学者は言葉、論理で、科学者は観察、実験など実証をもってである。

事実、ベルグソン自身も述べているように「哲学者の務めは微分から出発して関数を決定する数学者の務めに似ている。哲学的探求の極限の手続きは積分の作業だ」と。ならば、科学哲学の探求にも、科学の助けをもう少し借りてはどうなのだろう。たとえば、ベルグソンのこの本の運動のところで、かのギリシャのエレア派の「ゼノンの逆理」が引き合いにだされ、これが錯誤であることを哲学風に述べてあるが、これなどは、十九世紀末までに確立された数学の極限、無限などの知識を使えば、一瞬にして錯覚を述べたものであることが指摘できるのだがと思う。

哲学には、大前提、仮説が多く含まれる。ある仮説のもと、ある一つの事象から、次の事象を導き出し、それより次の事象、更に次の事象をと論証が進められる。だが仮定が崩れるとどうなるのか、これは大問題である。だから、科学哲学は、科学を形成する基本原理や諸々の仮説を研究するのだと言われるのだろうか。

幾分かは科学的な解釈

今や〝科学はいいなあ〟の感を強くしているので、これから、私の持っている僅かながらの科学的な知識を使って、ベルグソンの「過去のパノラマ」を私風、今風に解釈してみようと思う。

今の科学では記憶は次のように定義されている。すなわち、記憶とは、経験が体のいろいろの部分に残す何らかの痕跡によって起こる現象で、その記憶痕跡を作っている物質は記憶物質と呼ばれ、それは主に脳の中に貯えられているリボ核酸（RNA）などである。脳の中のどこかと言えば、出来事の記憶、事実や概念の記憶は海馬で、運動技能、条件反射、慣れなどの記憶は小脳である。

また、動物の構成は、個体、器官、組織、細胞、分子となり、記憶の痕跡はそれらそれぞれにあるから、個体間の記憶から、細胞の記憶、分子レベルの記憶まで種々あることになる。例えば、予防注射は細胞が病原菌を記憶するという性質を利用しているので、細胞の記憶の例である。最近、記憶の獲得や保持、はたまた忘却に関する制御機構などは、分子、神経回路レベルで明らかにされてきた。

またごく最近聞きかじった話では、脳のメカニズム研究に、数学のカオス理論がつかわれるという。カオスとは決定論的だが予想不能の性質である。数学では病的とされたカントール集合が実在するのだろうかと、脳の研究に関する興味はつきない。

これらを使って「過去のパノラマ」を述べる。

まず、ふだんは眠っている過去の記憶が甦るということであるが、これは、大脳の神経細胞（ニューロン）の働きとして説明できる。脳は事故などの大出血や心臓停止など瀕死の状態になるとダメージを受け、それが大きなストレスとなり、脳間のニューロンの活動が異常になる。ニューロンの活動が乱れると活動電位が不規則に高まる現象が起きる。すると、普通の状態では、つながらない脳の部分のニューロンがつながり、活性化される、それで、その部分のもっている情報が日の目をみる、つまり、過去の記憶が甦ることになる。

もう一つ、その記憶の甦り方が、断片的でなく、連続したパノラマ的であるというのは、どう説明すればよいだろうか。脳は強い刺激を、それより時間的に少し前に入力された情報と関連づけて学習するという性質をもつ。したがって、順序だてて積み重ねられた記憶が、衝撃的な事件に遭うと、覚えた時間順序に従って、プレイバックされるわけである。

ここで、はっきりしているのは、「過去のパノラマ」は脳死した人には起きない現象であることである。脳死は、大脳のニューロンが死滅し、脳機構が回復しないのだから。ただ、よく臨死体験で言われる離脱現象やトンネル現象に加え、パノラマ的回想があるといわれるが、前の二つの現象は、脳死で、パノラマ的回想は心臓死などでそれぞれ生還した人の体験だろう。

幸い私は、この何れの二つ脳死状態、心臓死状態にも陥ったことがないので経験がないことであるが、私の友人がこともあろうか、この「過去のパノラマ」を経験している。その友人はバイクを飛ばしていて（年甲斐もなくと本人は言っていたが）対向車線から来た自動車に衝突、何回か回転して、気が付いた時は相手方の自動車のバンパーの上にいた。危機一髪、まさに九死に一生を得たような事故で、友人は一瞬死ぬと思ったという。その時、過去がプレイバックされたのだという。ある意味、なんと得難い経験をしたものだろう。

甦る記憶

このように、瀕死の状態のときの「過去のパノラマ」とは違い、ただ今まで忘れていた記憶を急に思い出す、想起するということはたびたび経験する。よく例に引かれるのは、サケの故郷の川への帰還の話である。河川で生まれたサケは、川を下り、大海を数千キロも旅してまた元の川に戻ってくるのだが、それは川の水のニオイを記憶していることによるという。

サケの記憶物質はＲＮＡにあるというから、これは分子レベルの記憶の例であろう。においのような感覚情報にはカオス的な精神活動があるとも聞く。

記憶が甦る媒介物は、ニオイの他にもある。文学作品にも多くみられるが、かのマルセル・プルーストの『失われた時を求めて』では、主人公がマドレーヌを口にした途端に、幼い日の記憶が甦るというのだから、これは味覚が媒介物になった例である。

私も、普段は眠っている過去の記憶があることを媒介して突然甦るとたぶん説明できるであろう事態に遭遇したことがある。貴重な経験ではあったが、しかしそれはずっしりと心に残る悲痛な思いを残すことになる出来事でもあった。

大学時代の先生を病院に見舞いに行ったときのことである。先生は奥様を亡くされ、高齢でもあったので老人ホームに一人で住んでいらしたが、病気になられてそこを出て熱海のある病院に入院されていると当時の友達が知らせてくれた。長いご無沙汰のお詫びに、無類の話好きの先生のこと、面白い話でもして、お慰めしようかと思い病院までお見舞いに行くことにした。

また、その頃統計学の話で先生にどうしても聞いておきたいことがあった。それをも含む話題で、先生がお元気な頃、三人の統計学者と対談された著書があった。その一冊と、お見舞いの花束を持って出かけた。

やっと探した病院はホスピスのようで、案内された病室に一歩入ると、私は状況判断の甘かったことを悟った。六個のベッドに横たわっている年老いた病人は皆、顔面蒼白で、動かず上を向いたままであった。とんでもない所に来てしまったと私は血の気が引いたように感じた。六個のベッドのうち窓側の一つの背もたれが少しだけ起こされていた。その人の横顔は紛れもなく先生のものだった。顔は青白かったが、立派なお顔で、痩せられた分、むしろ当時より精悍なお顔だった。ただ、表情はなく、目はどんよりと曇って動かなかった。

私は窓辺に行き「先生」と声をかけたのだが、ほとんど反応はなかった。私のこと、かつての先生の研究室の大学院生で、のちに助手を務め、七、八年は先生のお傍にいたのに…。もちろん解ってはくださらなかった。私はどうするすべもなく、ただ黙って対面していたのだが、それもいたたまれなくなってきた。

そのうちに、「派手な格好のが来よった」と声が出た。それがここにいる私のことを言っていらっしゃるのではとすぐには気が付かなかった。特別に派手な格好をしていたわけではないが、この無彩色で無音の病室にはそぐわなかった。持ってきたお見舞いの花束さえも白々しく感じられるような雰囲気だったのだ。

先生の言葉が出たのだから、何か話のきっかけになるようなことはないかと思い、「奥様は……」と言ってみた。「あれは、ここには来ない。廊下の向こうに隠れている……」。またぽつりと「汽車が通っていた。田んぼに座ってずっと見ていた……」とおっしゃった。きっと昔のことを憶い出していらっしゃるのだろう

私は持ってきた例の対談の本を、先生の手のそばに差し出した。意外にも、先生は本を受け取ると、ページをめくられた。

「あっ、これは坊主の息子でね」

途端に張りのある大きな声が出た。あるページに、ある学者の名前を見つけられたのだ。その声、その言葉に、私はぎょっとして、先生のお顔を見た。急変、お顔に血の気が戻りなんと皮肉っぽく笑っておられるではないか。表情もあの当時のまま、声の響きも昔のまま、なんたる変化。坊主の息子とおっしゃったその人物は、たしかにある大きな寺のご子息であった。

別のページをめくられ、またある人物の名前を見つけられ言われた。

「この男は勉強していなくてね」

私もよく知っているその人物は、当時の新進気鋭の学者であったが、確かにこの本の議論に於いては勝ち目がないと言おうか、他と上手くかみ合っていないように思われた。

さらにページは進み、先生の先輩にあたる統計学の草分け的存在の学者増山元三郎、北川敏男などの名前を見つけられて、一層、お顔は輝いた。思い返せば、私が大学院生だった頃、先生の講義やゼミでは、細かい数式を使うような話は何もされず、時間の大半は、当時或いはそれより以前の学会での学者たちの議論の紹介で占められていた。講義の時間だけでは足りないと、学生を廊下で捕まえて、その話の続きをされた。それには「一時間も先生につかまって昼食を食べ損なった」とぼやく学生もいたほど、話好きな先生だった。さらにそれでも足りないと、夜、自宅に電話をかけてきて、話の続きをされることもあったので、院生や助手たちの間には〝先生の夜襲をくらう〟という言い方もあった。

この調子だと、私が質問したかったことも聞けるかと、なんと切り出したものかと思案した。ところが突然、先生のお声が止まった。本は手に持って居られたが、閉じられていた。私は先生のお顔に目をやった。最初見た時と同じように目が据っていて、漠とした表情に変わっていた。その間、どれくらいの時間がたったのだろうか。私はなんとも居たたまれなく、そのまま辞してきてしまった。

それから数か月して、先生は亡くなられた。当時の教え子や同僚たちにより、先生を偲ぶ会が開かれた。先生の教室からは、数は少ないが優秀な研究者も育っていたし、先生似の議論好きもいた。その上先生のエピソードにはこと欠かず、偲ぶ会は賑やかだった。何人かの人が、あの病院に見舞ったようだが「もう自分のことは分かってくれなかった」と話していた。「私もお見舞いに行った」とは言ったが、その時のことを軽々しく口にする気にはならなかった。私の見た先生の〝厳粛なる最後の時〟のご様子は、今も私の心の中にずっしりと残っている。

本題にもどせば、この恩師の話は、著作を媒介にしてかつての日々の記憶が蘇った例となろう。

先祖のパノラマ

「過去のパノラマ」の拡張版「先祖のパノラマ」というべきものはないだろうかと考える。つまり「過去のパノラマ」の過去は自分一代のそれであったが、自分の一代前、二代前……のひょっとしたら、もっとずっと先の先祖の過去とはならないかということである。一代前の「先祖の過去のパノラマ」となれば、甦る最初の記憶は、私ではなく私の父か母が、産湯につかっている情景ではなかろうか。

この思いの発端は生物界にある。〝生きた化石〟といわれるシーラカンスのような動物がいれば〝氷河期の生き残り〟と言われる植物もあるのではないか。たとえば、上高地の化粧柳または羊蹄山麓の真狩川のオショロコマは、どういうわけなのかは定かではないが、氷河期の生き残りと言われているのだから、氷河期の頃（一万年も前）の記憶を留めているのではなかろうか。こういう具体例を見ると、何代も前の先祖の記憶をパノラマ風にみることもあるのではと思いたくもなる。これが私のいう「先祖のパノラマ」である。

この殆ど想像の域を出ない「先祖のパノラマ」の存在を主張するには、何を持ち出せばよいのか。それを探すのが、また愉しみでもある。思い切っていえば、先ず第一に、個体間の記憶の伝達が起こり得るということ。動物実験では、個体間の記憶の移入、合成、つまり記憶物質の移植、合成は証明済みである。

ある神経生理学の研究者から、動物の記憶移入について、プラナリアという動物の例を聞いたことがある。プラナリアは泥水の中に住んでいる長さ数ミリの大変再生力の強い動物だそうで、一匹を腹部で二つに切ると頭の半分から尻尾が、尻尾の方から頭が出てきて二匹になるという。またプラナリアは共食いするので、それを利用して、一匹にあることを学習させ、他の学習していない方に食べさせると、学習を記憶していることがわかる。また、学習している方からＲＮＡを抽出し、他の方に注射すると、なんと学習効果がみられるのだという。

ラットも同じく記憶物質を他の個体に移す実験に成功しているという。

以上は動物の話で、ヒトでは、記憶物質の移植や合成はまさか起きるまいと思っていたところ、これまた面白い話を読んだ。

アフリカやニューギニアの原住民の中には、かつて人食い人種といわれる人がいた。彼らは、他に食べるものが無い訳ではないが、人を食べる習慣があった。ただ殺して食べるのが誰でもよいわけではなく、彼らが食べるのは、他の部族の酋長とか祈祷師に限られるという。これらの特別な能力を持った人を食べることにより、自分にその能力を身につけることができると考えられていたというのである。これはヒトの個体間での記憶や能力の移植を期待した行動に他ならない。

第二に、〝記憶する遺伝子〟と言うべきものがあるのではないかということ。もしそうならば、その遺伝子を親から子に受け継げば子は親の記憶を受け取り、その記憶が蘇ることにもなる。

最近になって、これに関し、我が意を強くするニュースを新聞紙上でみかけた。〝「恐怖」の記憶、子に継承〟と題した記事で、米国の研究チームが、マウスの実験で、個体の経験が遺伝的に後の世代に引き継がれる現象を明らかにしたというのである。恐怖を感じさせられた父マウスの子孫は、同じ条件で恐怖を感じ、さらに子孫のＤＮＡを調べると、遺伝子にエピジェネティックな変化がある。このエピジェネティックとは、先天的な遺伝情報に、後から遺伝子の制御情報が加わって生命現象をコントロールしていく仕組み。ただ、生殖細胞が作られる時、エピジェネティックな変化はいったん白紙に戻るというのが定説だったが、この実験で定説が覆され、獲得形質の遺伝もありうるとなる。この実験の他に、ショウジョウバエで成虫の目が赤くなる遺伝の実験もあると聞く。

最近の遺伝子の研究は著しく、ヒトの三万ともいわれる遺伝子の働きが解明されつつある。血友病を起こす遺伝子、高血圧を起こす遺伝子、アトピーを伴う難病の遺伝子、肥満を起こす遺伝子、長寿の遺伝子、アルコール分解酵素に関する遺伝子、細胞を自殺に追いやる遺伝子などなど。

こういう遺伝子については、友人たちとの茶飲み話の会話にもよくのぼるが、一つ面白い話がある。医師であるその友人は、会うたびごとに勤務先が変わっている。大学病院だったり、研究所であったり、国の機関だったり、職種も教育、診療、管理職と多種にわたる。その友人が言うには、職を目まぐるしく変わる性質を発現することになる遺伝子は確かにあって、それは、染色体の第十一番目にあるというのである。

この話を聞いてすぐ、手元にあるヒトゲノム概要図というので、第十一番染色体を調べてみたが、赤血球に含まれる色素蛋白質へモグロビンが云々と記されているだけで、どうこれを拡大解釈しても、職を変わる遺伝子とはならない。かの友人一流の冗談だったのかと思ったのだが、念のためと、別の本で調べてみると、なんと彼の言うことは正しいのである。十一番染色体のある遺伝子に変形があると、新奇探索傾向がある。その変形というのは、その遺伝子の四十八文字のDNA配列が二回〜十回繰り返されている部分があるが、その繰り返しの回数が多い人は、新しいものが好きでスリルを求めると説明されていた。かの友人のDNAの配列は十回も十一回も繰り返されているのだろう。一方、職場で永年勤続の表彰を受けるような人は新規探索傾向はない、つまり、十一番染色体のDNA配列の繰り返しが少ないということだろう。

どうやら遺伝子には何でもありの感があるから、「過去を記憶する遺伝子」「過去を忘却する遺伝子」というのがあってもおかしくないのではと私は思う。この過去を記憶する遺伝子が優性遺伝で、代々親から子へと受け継がれていけば、先祖代々の過去も記憶されていくというものだ。

詩情は真理を醸す

さて、話を「過去のパノラマ」に戻そう。それを見ることができるという、生への無関心が起きるという状態は、その意識の箍《たが》がちょっと緩《ゆる》む睡眠中というのもそうかもしれないが、ほとんどは先に述べた友人のバイク事故のような瀕死の状態に陥った時である。その後生還というのは稀であるし、しかも死者は語らずであるから、パノラマ的全過去というのは想像するのみで、科学の範疇を超えるのか。となると、また哲学の世界に逆戻りか。

哲学は分かりにくい、科学はありがたいということで、話を進めてきたのだから、こうなると、次には、比喩、寓言に頼らざるを得ない。比喩は哲学者や科学者の語るところにもあるが〝詩情は真理を醸す〟とも言うように、詩人、文学者の世界である。

何世紀も前に詩人や文学者が語った比喩が今、科学の言葉で述べられ、科学の領境に入ったように、今、比喩で語られたものが、これからは何世紀かあとに科学的に解明される。もちろん哲学者の炯眼も加わってのことだが、こんな繰り返しだろう。

そんなことを考えていたら新聞の「声」の欄に次のような文章を見た。（朝日新聞、佐久間幸男氏）それは、〝十八年間、愛したネコが逝った〟と題のついた小文の終わりで、

人は臨終の時に過去の中から、嬉しかったことを思い出し、それを与えてくれた人々に感謝の念を表して終わるという。ネコはどうだろうか。枯れ葉と戯れた幼時の情景だろうか。意気揚々と獲物を見せに来た壮年期のことだろうか。あるいは、互いに愛し愛された主《あるじ》との日々のことだろうか。知るすべもないが、出来ることなら知りたいものだ。

とあった。動物の「過去のパノラマ」に憶いを馳せた、なんとも心暖まる文章である。私の「過去のパノラマ」を言う思いもまさにこれである。

私のこの文も、文学者の表現の助けを借りて終わるのがよいだろう。文学作品に、いくつか「過去のパノラマ」らしき記述を探すことはできるが、その中で、これぞと思うものを一つ挙げるなら、それはトルストイの『アンナ・カレーニナ』である。その中で、アンナが鉄道に身を投げて死ぬ場面が描かれている。

車輛が近づくとアンナは十字を切るのだが、そのものなれた動作が、アンナの心に娘時代や子供時代のさまざまな思いを呼びさます。と、不意にアンナのいっさいをおおっていた闇が破れて、その瞬間、これまでの生涯が、そのありとあらゆる明るい過去の喜びにつつまれて浮かぶとなっている。

……ろうそくが、かつてなく明るく燃え上がり、以前は闇の中に隠れていた一切のことを、彼女に照らし出して見せたかと思うと、ぱちぱちとはぜて明滅しはじめ、そして永遠に消えてしまった……

（木村浩訳）

この〝闇の中に隠れていた一切のことを照らし出した〟という文章は、ベルグソンの言う「過去のパノラマ」のことだろう。なんと的確な表現ではないかと、偉大な文学者の感性の鋭さに感嘆する。

そして、思うのだが、生への無関心が起きる時、すなわち人が消滅する前の一瞬に、その人の過去の一切が照らし出されるというなら、あるいは人の無に帰す過程はありとあらゆる明るい過去の喜び、幸せの光に包まれるのではないかと。

ラッセルの見た悪夢

数は流転す

ここ十数年、酷暑の続く東京の夏を避けて、一ヶ月余りをロンドンで過すことにしている。東京の高温多湿は、私のささやかな、あるかなきかの思考さえ止める。

ロンドンでは、夕方になるとチェルシーの宿を出て、テムズ河のほとりへと散歩に出る。チェルシー橋からアルバート橋までの川沿いのほんの一キロ程の道のりであるが、途中に街路樹の緑に映えて、赤レンガのヴィクトリア王朝風と思われる瀟洒な邸宅の並ぶチェルニー・ウォークという場所がある。

――チェルニー・ウォーク一四番地――

その家の壁にかかるブルー・プラグから、ここは、かつて、バートランド・ラッセルが住んでいたことがわかる。

ラッセルの住んでいた家だと知っても、初めはそれほど興味はわかなかった。ただ〝バートランド・ラッセルに捧ぐ〟と扉に書かれた本があって、たしかその本は、ゲーデルの不完全性定理の説明をした本だったが、なんという本だっただろうかと思ったりはした。「ラッセルのパラドックス」は文学部で数学の授業をもっていた頃、よく題材にしたものである。しかしその程度で、同じチェルニー・ウォークの住人だった画家ロセッティのほうに興味がいっていた。こちらはかなりの熱の入れようで、ロセッティをはじめとするラファエル前派の画家の絵を見に美術館によく行った。ところがその後『ラッセル自叙伝Ⅰ、Ⅱ、Ⅲ』を読むと興味の対象は一変した。この本は、二〇世紀の知性の代表といわれる哲学者ラッセルが最晩年に書いたものであるが、その冒頭からの素直な文章にすっかり引き込まれてしまった。

何のために生きてきたかという小題のついた部分にラッセルは書く。

――わたくしの人生を支配してきたのは、単純ではあるが、圧倒的に強い三つの情熱である――愛への熱望、知識の探究、それから人類の苦悩を見るにしのびず、そのためにそそぐ無限の同情である。

こうした情熱がちょうど大風のようにわたしをここかしこと吹きとばした——気のおもむくがままに、深い苦悶の大海を越え、絶望の岸へと吹き寄せた……——

（日高一輝訳）


とある。

そして、三つの情熱について一つずつ説明を加えて、知識の探究については次のように述べている。人間の心を理解すること、星はなぜ輝くのかを知ること、数が流転を支配するというピタゴラス学説の威力を理解することで、自分はそのいくらかをほんの少し為しとげたと。


ラッセルのいう〝数が流転を支配する〟というピタゴラスの学説とは？　そしていくらかをほんの少し為しとげたとラッセルのいう、おそらくは数学上と思われる仕事とはいったい何か？　ラッセルのことが頭を離れなくなったのはそれ以降である。

ラッセルのことを考えるから、散歩の足がチェルニー・ウォークの方に向くのか、ここを通るからラッセルのことを考えるのか、散歩はいつも堂々巡りだ。最近は何事にも思考が続かなくなってきてはいる。鳥の鳴き声、車のクラクションが耳に入り、我に帰ることもある。そういう外界からの刺激によって起こるのだけではなく、自分自身の中で起きる考えの散漫さもあるのに気がつく散歩ではある。

プリンキピア・マテマティカ

バートランド・ラッセル（一八七二―一九七〇）はケンブリッジ大学のトリニティ・カレッジで、数学、物理学、数理理論を学んでいた。一九〇〇年、二六歳のとき、師のホワイトヘッドとパリの国際哲学会に出席をし、そこで公理的自然数論を展開していたイタリアの数学者ペアノに会う。ラッセルは、ペアノの話は他の誰よりも正確で、議論に必ず勝つのをみて、それは彼の数学理論によるものだと感じる。学会終了後、ラッセルはペアノの全著作を精読し、それが何年も求めていた理論分析の手法だと知るのであった。

ホワイトヘッドと議論に議論を重ね、数学を論理学の確実性の上に構築しようという壮大な計画を二人は始めた。すでにラッセルは一九〇三年に著書でもって、形式論理学に新しい分野をもち込もうといくつかの基本的問題を提起していたが、満足な解決を得るまでには至っていなかった。

当時、数学の基礎となる集合論は、〝カントールの集合論〟あるいは〝素朴集合論〟といわれたもので、いまの公理的集合論ではなかった。〝カントールの集合論〟は一八七四年にカントールにより創始されたもので、集合の定義はゆるやかに作られていた。つまり、

集合とは、直感あるいは思考の対象をひとまとめにしたもので、その際、対象が与えられたとき、それがその集合を構成する要素であるか否かが確定できるもの。

と定義した。

このゆるやかな集合の定義により、二つの集合に対する演算、集合の部分集合よりなる集合、順序集合など、次々に新しい集合が考え出されていった。さらに、論理的思考に対して集合が容易に定義できるから、数学的理論が集合と集合上の関係によって記述できるのである。これにより集合論は数学的理論を語る言葉として定着することに成功した。つまり、集合論はあらゆる数学的理論が表現され展開される統一的な場の役割を果たすことになったのである。

さすが、カントールは〝数学の本質はまさにその自由さにある〟といった人である。素朴で自由な発想のカントールの集合論は、数学の基礎としてはもちろん、無限というものを数

学に取り込むことにも成功した。ところがその自由さゆえにか、パラドックス（逆理）を生じることになる。

ラッセルは、後に〝ラッセルのパラドックス〟といわれて有名になるパラドックスをみつけた。それは次のように述べられる。

自分自身を元として含まない集合を正規集合、それ以外の集合を非正規集合ということにする。正規集合の例はいくらでもあるが、たとえば〝哲学者の集合〟などがそうである。なぜなら、哲学者の集合それ自体は哲学者ではないから、この集合の元ではない。非正規集合の例としては、〝すべての考えうるものの集合〟がある。なぜなら、この集合それ自体も考えうるものでもあるから、その集合の元となるからである。

すべての正規集合の集合をNと定義しよう。このNは正規集合か、非正規集合か。まずNを正規集合とすれば、それは自分自身の元であり、Nは非正規集合ということになる。なぜなら、自分自身を元として含む集合は非正規集合だからである。次にNが非正規集合とすれば、それは自分自身の元となる。ところが、Nの元は正規集合だから、Nは正規集合となる。要するに、Nは非正規集合であるとき、そしてそのときのみ正規集合となる。

これが〝ラッセルのパラドックス〟である。このパラドックスのバリエーションはいくつも知られているが、ラッセル自身が作った〝セビリアの理髪師〟と名のついたパラドックスが一番わかりやすい。

ひげを自分で剃らない人のひげだけを剃るセビリアの理髪師を考えてみよう。理髪師自身は自分のひげを剃るだろうか。もし彼が自分のひげを剃るなら、彼は剃らないし、彼が剃らないなら剃るのだ。

というもの。

ラッセルはこのパラドックスをみつけただけではなく、集合論や論理学を悩ますパラドックスや矛盾を取り除こうと解決にのりだす。ラッセルとホワイトヘッドは、一九〇八年から、当時の二系統の研究、すなわち、カントールの集合論とペアノの記号論理学を連結し、数学の諸原理を取り扱えるようにしようと『プリンキピア・マテマテイカ（数学原理）』を書きはじめる。

ラッセルは『ラッセル自叙伝』にこの『プリンキピア・マテマテイカ』の執筆当時のことを詳しく記している。一九〇七年から十年まで、年に八ヶ月、一日十時間から十二時間、仕事にあたっている。この時期、一時住んでいたのが、チェルニー・ウォーク一四番地である。このころ、一種の知的陶酔状態にあって、自分自身に対して、いまこそ遂に自分はなす価値のある何ごとかを成し遂げたといいきかせつつ研究に精を出したとある。

原稿が完成し、ケンブリッジの大学出版部（ユニバーシティ・プレス）にそれをもち込むとき、あまり膨大なもののため古い四輪馬車を雇う。そして資金難もありやっとのことで三巻の出版にこぎつけている。

「仕事を完成したという虚脱感か、知的な働きはそう容易には緊張から回復しなかったし、もうすでに難解な抽象理論を扱うには以前よりはるかに力が衰えてしまった」とも書いている。ラッセル三十六歳のことである。

ユニバーシティ・カレッジの図書館

出版された『プリンキピア・マテマテイカ』は当初から、数学者の評判は悪かった。というのは『プリンキピア・マテマテイカ』では前述のように算術を論理学に帰着させる、つまり算術を、操作規則に従って式の変形を行う記号の体系とすることを目的としていた。これは、人間の思考作用を記号で表現し、機械的に処理しようという、記号論理学への〝ライプニッツの夢〟の一つの実現であるともみることができるだろう。ところが、数学者ポアンカレは「数学が論理学の上ではなく、論理主義者の楽園の上に構築された」と皮肉を言っている。

この著作の論評は多くの著書に散見するが、賛否は別としても、当時のラッセルの周辺には何と多くの偉大な頭脳の持ち主が集まっていたことか……。ラムゼー、ヴィトゲンシュタイン、ウイナー、アインシュタイン、ゲーデル、ケインズ……と、きら星の如くである。

そして、この著作『プリンキピア・マテマテイカ』の後、ゲーデルの不完全性定理、ツェルメロ＝フレンケルの集合論（ZF＝集合論）が生まれている。

このZF＝集合論においては、先の「無限を考える」で述べた連続体仮説（自然数の集合と実数の集合の間には、それらと異なる濃度をもつ集合は存在しない）とその否定命題も共に証明できないことが示された。

ところで、生涯を賭けた仕事が一瞬のうちに崩れ去るという事態に陥ったという話は聞く。

多くの研究者同様、ラッセルにもそういう不安はあった。実はラッセルは、逆に、尊敬する先輩の数理理論学者のフレーゲにそのような思いをさせたことがあった。それは、フレーゲが論理から自然数の理論を展開する研究を完成し、出版にこぎつけすでに印刷が終っていたときに、ラッセルがパラドックスを知らせたのだった。集合論にほころびがあることを指摘されたフレーゲは研究の基礎が一瞬にして崩れ去るという事態に直面した。

ラッセルはプリンキピア執筆中もその不安が頭をかすめ、その序文にフレーゲのことにもふれ「またもし自分たちのつくったタイプ理論が妥当でないことが万一判明しても、この理論により許容される理論がいくらか修正されることにより、依然として妥当であるだろう」とわざわざ述べている。

ラッセルのそういう不安をイギリスの数学者ハーディが彼の著書の中に、〝ラッセルの見た悪夢〟として記述している。

——彼はユニバーシティ・カレッジの図書館の最上階にいた。時代は西暦二一〇〇年頃らしい。司書の助手が大きなかごを持ち、次ぎから次ぎへと本を取りだしては眺め、棚へ戻すか、かごの中に捨てるかしながら、書棚の間を回っている。最後に彼は分厚い三巻揃いの本の前に来た。彼にはそれが現存する最後の『プリンキピア・マテマテイカ』

であることが見てとれた。助手は三巻のうちの一冊を手にすると、数ページパラパラとめくり、奇妙な記号にしばらく困惑したようだったが、やがて本を閉じ手で重さを確かめるようにしてためらった。――

というもの。ラッセルは自著が図書館から消えるのを恐れたのだ。

セント・パンクラスの大英図書館にて

私はその『プリンキピア・マテマテイカ』をみようと、ロンドンに新しくできたセント・パンクラスの大英図書館に行ってみた。この図書館は一九九七年に大英博物館やその他の場所に分散していた図書の大半を集めてできた、学者、研究者用のものである。

近代的設備をもった図書館で、大英博物館の古色蒼然とした図書館とは大分違う。閲覧室は六個に分かれ、私の行くところは三Fの「科学三」というところ。文献、蔵書などは四つのカテゴリで保存されている。一つ目は、専門別に各閲覧室に手にとって見れるよう開架書庫に置かれているもの、二つ目は、この図書館の地下の書庫に保存してあるもので、申し込んで一時間後に見れる。三つ目は遠く離れたヨークシャに保管されているもので、こちらは四十八時間後に見れる。四つ目は貴重図書で取り扱いが厳重となる。ちなみに『ユークリッドの原論』（一五七九年版、ラテン語訳）はこれに属していた。さわると壊れるような蠟びきの表紙がついていて、四三〇年も生き延びた本であってみれば、手に取ると感激もひとしおである。

さて、お目当ての『プリンキピア・マテマテイカ』を請求する。請求は、閲覧室のパソコンの端末からで、閲覧室と座席の番号を入力しておくと、本が出納台に届けば座席のランプが点灯して知らせてくれる。この本は二つ目のカテゴリに属していて地下の書庫にあり、ちょうど一時間後に私の机のランプがついた。三冊、手にするとどっしり重い。日本の大学の図書館で何度もみている本であっても、ここで見るとなんとなくありがたみが違う。まさに一九一〇年一一月、ケンブリッジ大学出版から出版されたもので、表紙だけが新しくなっている。第一巻（一九一〇年出版）は六六六ページ、第二巻（一九一二年出版）は七七二ページ、第三巻（一九一三年出版）は四九一ページ、合計約二〇〇〇ページ。

日本ではこの難解な大著三巻のうち一巻のみが、三人の若い数理論理学者により訳出されている。「この大著は鋭利なアイディア、多様なアイディアを含み、数理論理学史上の記念的著作として、すでに古典の位置を確立している」と訳出した論理学者は言っている。

チェルシーのパブにて

ラッセルのことを考えるのはもう止めて、今日の散歩は終わりにしようと周囲に目を移す。だいぶ日の落ちたテムズ河畔。昔、画家タナーの描いたチェルシー河畔の「白い家」という絵とはだいぶ趣の違う景色。西に帰る車の音が激しくなる。

河畔を離れすぐ近くのなじみのパブに入り、庭の木の下に置かれたテーブルに席を取る。まだ時間が早いのか、客はまばらだがいくつかのテーブルでは話に花が咲いている。ビターを半パイント注文し、ゆっくり喉を潤す。

と、私のテーブルのすぐ斜め前の席に一人で座っている老人が目に入る。いままでに一度も見たことのない客である。もうかなり年のようだが、九〇歳をこえているのか、〝生きている死人のような老人〟という言葉が思い浮かぶ。ビールのグラスは置いてはあるが、飲んでいるようには見えない。眠っているのだろうか。頭は白髪、形のよい鼻、垂れた眉毛が目を隠しているが鋭い目のようにも見える。どんな人物なのか。何をしていた人物か。長い人生には仕事が変わったかもしれない。

――私は頭のもっともよく働くとき数学をやり、少し悪くなったときに哲学をやり、もっと悪くなって哲学ができなくなったので、歴史と社会問題に手を出した――

と言った人物のことなどが頭をよぎる。政治家？　もしそうなら体制側だろう。間違ってもデモで街頭に座りこんだりする人ではなかったろう。数学者？　否、数学者にしては身なりがよすぎる。背広の着方が板につきすぎている……。そんな品定めをやりながら、動かないその老人をしばし観察する。

そのうちこちらも眠ったようだ。さっきの老人がレジでバーテンと話しているのが聞こえてきて、目が覚める。

老人「勘定書きの計算は間違っていないようだな。ただ私にはこの計算の根拠となる理論に納得できないところがあるもので……」

老人はそう言ったようだ。若いアルバイトのバーテンははじめ「何を言うんだ、この老人は」という顔できょとんとしていた。しかし何秒かのち、そのバーテンの目が輝いた。一瞬、バーテンが知的な若者に変わったように私には見えた。

青年「ごもっともです、サー。それに関しては私も知っています。もっとも、ごく最近、勉強を始めたところですが……」

老人はうなずき、二人はかなり長いこと言葉を交わしていた。再び、青年の声が聞こえてきた。

青年「かつて数学的無限を取り囲んでいた諸困難を解決したのがあなた方の世代の誇るべき最大の成果でしょう」

老人は満足そうにうなずいた。

老人「ほう、それで、君たちの世代は何を解決する?」

コックニーを話すベッカム・ヘアーの若者の目はさらに輝いた。

青年「超無限、巨大基数……。いまや公理的集合論に関するいくつものモデルの存在が明らかになりました。数学にも多様な形態のものがあることになります。多様な集合論、ひいては、数学を体系化する総括的理論が作られなければなりません。五〇年は先のことでしょう。その突破口を開くのが、我々の世代の成果となるのではないでしょうか、否そうならなければならないでしょう」

青年はさらに続けた。

青年「僕のここでのアルバイトは今日で終わりで、もう明日にはトリニティ・カレッジに戻ります。気の滅入るような集中力が要求される研究の毎日になります。しかし、知的興奮があります。数学的無限の困難を解決した世代のお方にお会いできたのは、何にも増して明日からの研究の励みになります」

老人「…………」

青年「え、、お勘定はその僕らの世代の成果が上り、無矛盾にして完全な体系ができたそのときで結構です。今日のビール代七ポンド五〇セントが無限大ということにはならないでしょう……」

老人と青年はうなずきあった。老人は帽子をかぶり、ステッキを持つと、何事もなかった風に静かにパブを去っていった。

私は夢を見ていたようだ。夜のとばりが降り、パブは満員になっていた。けれど、老人の座っていた席だけはまだ空いていて、テーブルにはきれいに飲まれたビールのグラスが置かれたままになっていた。

＊本稿は『数学からの7つのトピックス』（培風館）所収に改訂を加えた。

祖父の古い箪笥

箪笥の長い旅

ある日、とてもひょんなこととでも言おうか、全く思いがけなく、我が家に、〝おじいさんの古時計〟ならぬ〝おじいさんの古箪笥〟がやってきた。

母と弟一家が、家の建て替えで、一時、近くに借りた家に移り住むことになった。仮の家に運ぶものと捨てるものとの区別もつき、やっと家の中の整理が終わり、ほっとしたところで、予期せぬ厄介物が出てきてしまったというのである。庭の隅にあるかなり大きな物置に、すっかり整理処分したはずの亡父の本や書き物がまだ残っているのが見つかった。なにしろ亡父は、家の軒下まで本を置いていた人であるから、物置に何かが残っていてもおかしくないのだが……。問題なのは、その奥にぼろぼろになった箪笥が置かれていたことで、箪笥の中は衣類ではなく、これまた亡父の古い論文の別刷やら数学の雑誌などであった。さもありなんであるが、よく見ると、本体の箪笥の裏側の板と引き出しの板に、薄くなってはいるがはっきり読める毛筆で、明治三十八年という年号と祖父の名が書かれているというのだ。

母は、皆捨てようとしたのだが、さすがに自分の父親の名が書かれている箪笥にはちょっと躊躇したらしい。存在すら忘れていた箪笥と、そこで目にした父親の名に驚きもし、更に祖父びいきの孫娘である私のことに思いがいったようだ。私が亡父のものにあまり興味を示さないのに反し、この祖父のこととなると、古い著作を読んだり、旅した跡を辿ってみたりと思い入れが深いのを母はよく知っていた。それで、この箪笥の事を私に知らせておこうという気になったらしい。

「処分する前に見ておいたら」

という母の電話に、私は早速、見に行った。それは、未だかつてお目にかかったことがないほど古く汚れた箪笥だった。毛筆で書かれた名前が祖父自身の字なのかと尋ねるが、わからないという母。無理もない、祖父は母の五歳の時に亡くなっていて顔もよく憶えていないというのだから。

「でもここにあるのだから、私がお嫁に来るときに持ってきたんでしょう」

「不思議じゃあない？　箪笥に男性の名前を書くなんて。女の人の名前ならわかるけど。嫁入り道具に相手の名前を書き込むなんて、そんな習慣あったのかしら」

「うーん。あんまり聞かなかったようだけど」

とこれもはっきりしない。

「欲しいのなら、持って行ってちょうだい」

とじっと見入る私に言う。祖父の名前のある箪笥は欲しいのだけれど、あまりにもぼろである。キズあり、虫食いあり、汚れあり。腐蝕の一歩手前というところ。貰うにしても、この名前の書かれた板だけにしようか、ちょっと考えてみるからと帰ってきた。

帰るとすぐ、玄関のベルが鳴り、弟が現れた。なんとさっきの箪笥があるではないか。ライトバンで、自分の家の荷物を仮の家に運ぶついでに箪笥も積んできたという。

「おぬし、やってくれるじゃあない。貰うなんて言わなかったのに……」

「貰わないはずないだろう」

「持ってくるのなら、汚れを落としてからにしてくれればよかったのに。おぬしの車、さぞ汚れたでしょう。お気の毒に」

などとへらず口をたたいているうちに、弟は積んできた箪笥を降ろすと、さっさと帰っていってしまう。まあなんというか、捨て置きにあったという感じ。

さあ、どこに置けばよいのか。外や玄関ではみっともないからと、しかたなく玄関のすぐ横の室に入れる。普段から、室にはなるべく物を置かないようにと言っている家族の手前、厄介なことになったと、私は気が重い。いずれは粗大ゴミで捨てなければならないだろうから、それまでの辛抱であると。

明治三十八年と記してあるが、一体、何年経っているのだろうと、つくづく箪笥をながめる。引き出しが四個、茶色っぽい色、取っ手をとって、引き出しをガタガタと開けたり閉めたりしてみる。

「あ、もしかして、これ、私たち（姉妹）が使っていたあの箪笥じゃあない……」取っ手のこのガタガタという音は確かにそうだ。そうなると不思議と娘の頃を過ごした福岡の家の様子まで甦ってくる。

客間には立派な桐の箪笥が二棹あったが、この箪笥はたしかに居間にあった。私たち姉妹の服や下着を入れていたものだ。一番上が母、二番目が姉、三番目が私、四番目の一番下が妹の入れ物だった。いまと違って物の少ない頃だったので、私の衣類の所有物は、セーラー服の制服などいくつかを除いて、すべてこの引き出しの中だった。一日に何度も乱暴に開け閉めしたものだ。引き出しの位置が低かったから、開ける時は取っ手を使ったが、閉める時は取っ手は無用、足でやるか、後ろ向きになってお尻で押し込めばことたりて、よくお行儀が悪いと母に叱られたものだ。

箪笥はしばらくそのままにしておいたが、ある日、テレビで何かの戦争のドラマを見ていた夫が、「明治三十八年というのは日本海海戦でロシアのバルチック艦隊を破り勝利し、日露講和条約を調印した年で、今年でちょうど百年になるそうだ」と言った。「バルチック艦隊を破ったというので、あの頃の日本は戦勝景気に湧いて大変な勢いだったというから、君の祖父もそれを記念して名前と年号を書き入れたのでは」と夫。「まさか箪笥に」と私は思ったのだが、夫は「それにしてもちょうど百年とは。百年目に奇しくも日の目を見た箪笥だから、何かの縁、捨てずにとっておいたら」と助け舟をだしてくれた。

有り難いことだが、いくらなんでもこのままでは汚すぎる。これが桐の箪笥なら削り直しも出来るのだが、色からして桐とは考えられない。でも念のため一度聞いてみるかと、粗大ゴミの収集日を市役所に電話して尋ねる代わりに、衣裳箪笥屋というところに電話することにした。すると、

「その箪笥は塗ってありますか」

「いいえ、塗ってはありません、塗ってあったかもしれませんが、はげています。なにしろぼろぼろで黒っぽいので」

「塗ってないのなら桐でしょう」

というわけで、削り直しの職人さんが見に来てくれることになる。

「金具は大正時代のものでしょう。こんな色になったのは長年使った黒ずみが出たからで、

削り直せばよくなります」

「削るのはいいですが、後側の毛筆の字だけは消さないでおいて下さい」

何か月かすると、全く別物になった箪笥が戻ってきた。桐特有の青白い色になり、何やら箪笥自体がすり替えられたのではと思う程で、変わらないのは引き出しが四つあることだけ。すっかり様変わりしているが、名前だけは残っているから本物だろう。残念ながら、明治三十八年の方は消されてしまった。あれだけ頼んでおいたのにと憤慨。

思えば、この箪笥随分長生きしたものだ。戦禍にも遭わず、物あまりで使い捨ての時代にも耐えてよく百年ももったものだ。日露戦争の戦勝記念に作ったのだろうなどという夫の意見もあったが、もしやと思い、祖父母たちのことを調べてみたら、明治三十八年というのは祖父母の結婚した翌年にあたっていた。それで合点、やはり結婚の際に作られたものであろう。昔は、女の子が生まれると庭に桐の木を植え、二十年ほどで立派な木になる桐で箪笥を作って嫁入り道具にしたと聞く。祖父の事を書いた伝記をみると、この二人の結婚はかなり奇妙だったらしい。都会のセンスを身に付けた東京小石川の大塚町に邸宅を構える名家の子女と、田舎気の抜け切らない貧乏書生のカップルであったと記されている。となれば、祖父の方で作ったはずはなく、結婚後に祖母の家で四個の引き出しの祖父用の箪笥を作り、祖父の名前を書いたのではなかろうか。当時の女性が和服を入れる桐の箪笥は六個の引き出しだったというから。

どうやら祖母の家で作られたらしいこの箪笥、どのような経路をたどって、今の東京の母の家にきていたのか。祖父母たちは仙台に住み、母はそこで生まれ育っている。父とは大阪で結婚し、父の転勤に伴い福岡に移り三十年を過ごし、定年後、東京に移住した。その間、戦争中、福岡の田舎に疎開しているが、この箪笥の辿った経路は大きく見ても、東京―仙台―大阪―福岡―東京と結構長い距離となる。時代も明治、大正、昭和、平成と四代に亘る。

長い距離を運ばれたこの箪笥、どのように荷造りされたのか。多分重装備され、貨車に乗せられたのだろう。仙台から大阪となると、仙台駅に先ず運ばれ、そこから東北本線の貨車に積み込まれ、一日掛かって上野駅に着く。そこで一時下ろされたのだろうか、東京駅で再び東海道本線の貨車に積まれ、更に一昼夜走って、大阪に着く。こんな具合だったのだろうか。

この箪笥を乗せた貨車に思いを馳せると、子供の頃眺めた、福岡の田舎の田んぼのなかをガタゴト、ガタゴトと音をたてて走る筑豊線の長い貨車が目に浮かぶ。先頭に機関車、次に石炭を積んだ車両、そこから十数両も荷を積んだ貨車が連なり、白い蒸気をもくもくとあげて走るあの蒸気機関車である。

祖父の洋行

こうして我が家にやってきた古い祖父の箪笥は日本国内の長い旅をしてきたのだが、実はその持ち主の祖父の方は、それより何十倍、あるいは何百倍もの距離を旅してきている。明治の終わりに世界一周をはるかに超える大規模な世界旅行をしているのだから。

祖父日下部四郎太は山形で生まれ、二高から東京帝大に進み物理学を学んだ物理学者であった。長岡半太郎の弟子で、一緒に実験をした後輩には寺田寅彦もいた。後に、数年後に新設される東北大学の物理科の教授になることになり、開校前にヨーロッパの諸大学を巡回視察してくるよう、「物理学研究ノ為メ満三年間独逸國仏國及ビ英國ヘノ留学ヲ命ズ」との文部省の辞令を受け、一九〇七年（明治四十年）、まずドイツに向けて横浜港を常陸丸で出港した。前後して後に同僚となる本多光太郎、藤原松三郎、愛知敬一なども出発している。おりしも、パリでは第一回万国物理学会、ブリュッセルでは万国電気工学会などいくつもの学会が開かれる予定で、日本代表で出席するという役もあった。

ベルリン大学で研究の後、人口三万人余の田舎町ながら世界中から二千人もの学徒が参集する当時の理学のメッカ、かのゲッチンゲン大学も訪ねている。詩人ハイネが、鉄血宰相ビスマルクが学び、大数学者ガウスが教鞭をとった大学である。仙台を日本のゲッチンゲンにしようとの意気込みであったらしい。後に建てられた東北大学の建物の中にはゲッチンゲン大学のそれを模して作られたものもあると聞く。

祖父は若い好奇心の赴くまま、大学があれば研究室を訪問、天文台があれば望遠鏡を覗き、研究所があれば研究施設を見学して、ヨーロッパを駆け巡っている。ハノーバーで微積分の創始者ライプニッツの生家を見、ストックホルムではオングストローム博士の自宅に招かれ話を聞き、イタリア南部を襲った大地震（メシナ地震）を調べようとアルプスを越え、イタリアに入国するという活躍ぶりである。

これぐらいの行動範囲の大きさなら、留学生として特に驚くに値しないだろうが、その後、同僚たちと別れてとった行動は少なからず奇妙であった。なんと当時未だ日本人の行ったことがなかったであろう北極圏まで足を伸ばしたのである。なぜ北極圏まで？　と実に不思議であるが、その理由はいくつか想像できる。

第一は、祖父の北極への並々ならぬ興味であろう。「岩石の弾性」の研究をしていたのだから、研究がらみの好奇心か。ただ北極と言えば誰にでも、どんな所だろうと漠然とした興味はある。私にとっては、ロマンティックな想像にも事欠かない。一年の半分は昼夜の別がなく、空には、ぼっとした真夜中の太陽が青白い月と見間違う如く浮かんでいるのではとも思う。北極点ともなれば、コンパスの針は何処を指すのか、ただ針は震えて回転し続けるのではないか、などなど。人類未踏の北極点であってみれば、当時は興味津々ではなかったろうか。

もう一つ考えられることは、当時は極地ブームだったこと。北緯六六度三三分以北を北極圏というのだが、その北極圏さえ、十九世紀のはじめには人は達していなかった。北極圏は氷の海で陸地は少ない。地球儀で見れば、ロシアのセーベルナヤゼムリヤ、グリーンランド、カナダのクイーン・エリザベス諸島、フランツ・ヨーゼフ諸島、スバールバル諸島のそれぞれ一部あるいはごく一部というところである。

十世紀の大航海時代と同じく、北方への航路開拓が始まると、当然、北極への関心も深まる。その北極圏、北極点への探検の歴史を紐解くと、北極圏に初めてたどり着いたのは一八四五年である。サー・ウイリアム・バリーたちは、流氷の上をソリにボートを乗せて引っ張り、何年もかかって、北極圏に到っている。

それから四〇年ほど後に、ノルウェーの科学者で探検家であったナンセン等が徒歩で北極圏を横断した。ナンセンは、シベリアから流れ着いた流氷を発見し、それにより、船はスピッツベルゲン島まで漂流できるとの予測をした。ナンセンは、フラム号を漂流させた後、徒歩で北極圏を横断、予測通り漂流してきた船に戻り、北極横断に成功したという。

北極点に、人類初の到達をしたのはアメリカのピアリー将軍で、五十人のエスキモー人を引き連れて、犬橇で北に突進し、ついに北極点に立っている。それは一九〇九年のことで、祖父が北極旅行をしたのは、その二年後の一九一一年である。ちなみに、南極の方は、ノルウェーのアムンゼンにより到達されたのがちょうどこの一九一一年である。

祖父の北極探検

さて、話を祖父の事にして百年前に戻そう。祖父は一九一一年八月に、北極圏を目指すオーストリア所属のターリア号三万二千トンに乗り込んでいる。現代の砕氷船ヤマル号には比ぶべくもないだろう。乗客は学者、軍人、実業家などで、国籍もいろいろだったが、東洋人は一人だった。

ターリア号はハンブルグ港を出港し、スカンジナビア半島を右に眺めながら、スピッツベルゲン島（尖峰島）をまず目指している。なおスピッツベルゲン島に日本名がまだなく、尖峰島とつけたのは祖父ではないかと思われる。他所でも同様の事をたびたびやっているようだ。ただし現在残っているかどうかは不明。途中、当時は世界最北の町である人口二千の北氷洋の寄港地であるスカンジナビア半島のハンメルフェストに寄港している。
ハンメルフェストの町を離れると、人はターリア号の船客だけになる。スピッツベルゲン島は北緯七六度～八〇度にわたる北氷洋の群島で、地表は六〇〇～九〇〇メートルの氷層でおおわれた針のような峰々が聳える島である。一行は鐘湾より小舟を漕ぎいれ、からくも上陸に成功している。その時のことを〝淋しさは霊鬼骨を打つという寒村も、これにはまさじと思われる〟と書いている。それから、北緯八〇度を超えて進むが、氷山に遮られてそれ以上進めぬということで、引き返している。その辺りの描写もまた祖父の著書『北極探検談』（前編、後編）の文章に拠ったほうがリアルである。

見渡す限り空にも海にも黒雲見えず白波立たざりければ北極指して漕ぎ行くは今こそ善けれと午後七時に錨を抜きて雑船湾をぞ漕ぎ出でける（中略）日の暮るゝ事なければ明くる日とは言ふべくあらねど翌日の午前には凍氷江も既に過ぎ死人岳も後になりて尖峰島の西の方なる前島に沿ひ舵を北にぞ取りにける五千尺にも達すべき人跡到らぬ山々は櫛の歯の並べる如く連なれど比島の付近には暗礁多くして近寄り得べきにあらず前島も既に後になれば北緯七九度を超え右舷遥かに水天の境に見ゆるは七氷群山尖れる峰は鱗の逆立てるが如く七流の氷河は谷間を埋めて海に注ぎ一帯の

雲低く棚引ける様或は蛟龍雲を得て天に登らんとする乎と疑はる
正午過ぐればマグレナ湾の奇景を遥の波に浮き氷に漂ふ氷塊は右に左に数知れず丁島去りて安島来り鳥鳴島を過ぎ行けば見渡す限りの海面は氷の筏に埋まりて棹さす者は海豹《あざらし》乎漕ぎ行く道を絶々に思ふ儘には進み得ず或は舵《かじ》を右に取若しくは是を左に曲げ東に航し北に進み西に廻はりて氷山の間を縫ひつゝ蛇行したりしかど八月十三日午後四時十五分には航路竟に全く塞がりて北緯八十度十四分三十秒東経九度二十五分の海上にぞ船を停めてける天気飽くまで晴れ渡り一点の雲だに見えず太陽西南の天に輝きて氷雪四海に充ち金波洋々として銀光燦爛《さんらん》たり（中略）
四面氷雪の間に立ち萬里の滄波を隔てゝ遥《はるか》に故国を追想すればさながら幼時《ようじ》父母の家に在《あ》りしの時厳寒の節に際し堅雪《かんゆき》に乗り遠く郊外に遊べるを連想して船中の孤客なるを忘れたり船を停むる事半時間ばかり同行者各自の本国の国歌を順次に吹奏し終わりて帰航の途にぞ就きにける（原文ママ）

この祖父の畳み込むような臨場感あふれる文章を私は好きである。当時の人は皆このような文語調の文章が書けたのかもしれないが、なかなかの名文ではないか。句読点のないのは漢文の白文の影響か。明治時代には、徳富蘆花や国木田独歩がよく読まれ手本にされたともいう。祖父はこの調子の文章で、何冊かの著作を出したので、文学博士号を贈られるという話になったそうだが、さすがにそれは断ったと叔父から聞いたことがある。

祖父はこの北極旅行ののち、パリに戻り、同僚たちと合流し、アメリカを廻って足かけ五年の留学を終えている。おそらくは、この間に旅した距離は、地球一周分を越えているであろう。

この祖父の北極圏旅行の影響によるのだろう、今になっても、私の北極への関心は衰えず、何時も北極のニュースにはアンテナを廻らして過ごしてきた。北極点を目指した冒険家植村直己さんや和泉雅子さんのニュースもあったが、最近では北極は一般の人にもぐっと身近になっている。このところ毎年、ある旅行会社による、〝北極点への船旅〟というパッケージ・ツアーが売り出されていて、大変な人気である。私も何時か必ず行こうと、パンフレットを取り寄せてはいたが、遂に叶わなかった。モスクワからノルウェーのムルマンスクに行き、そこからロシアの砕氷船ヤマル号に乗る。その船は、二万三千トンで七万五千馬力という パワーで、なんと原子炉を積んでいるという強力なものだ。この船で、スピッツベルゲンの東を通り、フランツ・ヨーゼフ諸島で北緯八〇度の線を横切り、数メートルの厚い氷を砕きつつ、北緯九〇度の地点に到達するという一週間の旅になっている。

スピッツベルゲン島も当時とはすっかり様変わりし、国際観測村もでき、日本など九ヶ国が十四の観測基地を持つという。かつて祖父たちが小舟を漕ぎいれてからくも上陸したというその辺りに、なんとスバールバル大学という国際色豊かな大学が出来、日本からの留学生もいるという。まさに〝隔世の感あり〟である。

さて、祖父の行動の収縮版のように、日本の中を行き来し百年生き延びて、我が家にやってきた箪笥。削り直して見違えるようにきれいになったその箪笥は、和室で周囲の装飾品にも調和し鎮座している。家族の季節ごとに使わない衣類など入れているが、ただ一番下の引き出しだけは、近くに住む小さな男の子の孫のおもちゃ置きに使わせている。鉛筆やら紙、おもちゃの自動車や汽車や飛行機、それらを動かす電池や道路、空路の地図など……。百年も生き延びたこの箪笥が更に百年とはいわず五十年も生き延びてくれるためには、娘でなくこの孫に覚えておいてもらうのがよいのではという魂胆もある。また何十年か経って、捨てられそうになった時、なにかの拍子にその孫が自分の幼いころ、おもちゃ入れにしていた箪笥だという記憶が蘇れば、あるいはこの箪笥が再び生き延びるチャンスが出てくるのではないか。そんな希望も捨てがたい。

山形行

東北のある都市への出張の機会を利用して、祖父の地山形を訪ねた。

山形新幹線は、福島で仙台方面に向かう東北新幹線と分岐する。十一月中旬のことで磐梯山の山麓に入ると、渓谷の色づいた紅葉や楓が車窓を楽しませてくれる。米沢あたりからは、暗い雪国だろうとの思いとは裏腹に、かえって空が明るくなり柿やリンゴなどの果樹園が眺められる。今や山形県はフルーツ王国で、新種の梨ラ・フランスやさくらんぼの出荷の多い県となっている。

晩秋の東北の景色を愉しんでいるうちに山形駅に着き、志戸田《しとだ》町へ向かう。昔から祖父の家のあったのは志戸田村と憶えていたのが、今は志戸田町となっている。ほとんど一直線の道を車で走ると、道の両側は広々としてよく肥えた田圃で、稲刈りを終えた後の稲の切り株が見える。田圃を間近かに見るのは何十年ぶりだろうと、ふと子供の頃を思う。稲刈りの済んだばかりの田圃で遊び、稲の切り株で足を痛めたこともあった。祖父も幼少のころこのあたりで遊んだのだろうか。故郷思いの祖父は、東京で若き日、実験に行き詰まると、志戸田村の稲田を、さらに雁戸、竜山の山なみを思い浮かべたという記述があったのを憶った。

しばらく走ると、車道から「曽洞宗天然山乾徳寺」との標識が見えてきて、目的の菩提寺乾徳寺につく。寺に入ると、寺内の広い敷地には、青い苔むした墓がいくつもなんとも無造作に並んでいる。半分倒れかかった墓石もありどれも墓石の字は読みづらい。祖父母、それに名前だけは知っている曽祖父母の墓はないかと捜すが見つからない。奥の方に、一つ立派な造りの墓があるが、それがどうやらこの寺の開基といわれる人の墓のようだ。

住職さんに訳を話し、祖父が調べて残してくれた過去帳のことを尋ねる。過去帳の一番初めに、この寺の開基である私の八代前の先祖の戒名があること、それがさっき見た墓であることなど確かめる。この寺の由来を聞けば、その時代、あるいはその頃の人物のことも分かるかと期待するが、どうもうまく話してくれない。何年か前、この寺の三百年祭をしたとかだが、こちらの知りたい話は何もない。すっかり落胆して寺を引き上げた。

しかたなく寺の付近の家々を見ながら歩く。果実畑ではりんごがたわわに実り、甘ずっぱい匂いが漂ってくる。どの家の庭にも柿の木があるよう。家の門標の名が、祖父の姓と同じ家が数軒あることが分かる。そこを過ぎるとすぐに家も畑も尽き、川の土手に出る。これが〝須川の氾濫で〟とか〝須川の大洪水〟と書かれていた須川であろう。川床に伸びたすすきの大群で川面は見えず、水は流れているのかいないのか。風が吹くと、すすきが一斉になびき、雲間からの光を受け、その白い穂が輝く。しばらく須川にかかる三河橋にたたずみ、すすき越しの景色を眺めていた。
山形駅に戻ろうと、バス停に行くが、もうバスはない。タクシーも通らないので、歩くことにする。夕暮れ迫った田圃の一本道を心地よく小一時間、日没を気にしながら歩く。

次の日は雨城公園に行く。かつての山形城の跡で、東大手門などが残っていて、往時が偲ばれる。最上義光によって築かれたこの城は、壮大な外観を誇っていたという。最上氏は五十七万石、ちなみに私の故郷福岡の黒田藩は、五十二万石である。

山形市郷土館に入り、祖先を知る手がかりとなる何かないかと、山形藩や志戸田村に関する資料を見る。

山形藩には、最上氏のあと、鳥居忠政、保科正之、松平尚基が入封する。我が祖先十代前が、大阪夏の陣を逃れて、山形志戸田村に定着したのは、鳥居忠政が城主の時代である。忠政は村民から厳しい取り立てをした大京網でも知られる人物である。

話が脱線するが、その大京網が、かつて私の勤務する大学で話題になったことがあった。忠政の子孫であるという経済学者の鳥居泰彦先生は当時塾長であった。それでかどうか「なあに、鳥居忠政というのはそう悪い人物ではありませんよ。大京網というのは、今の消費税のことですから、忠政は最初に消費税を導入した稀代の大政治家ですよ」「もっとも消費税が五パーセントになるか、八パーセントになるかは、網次第ですがね」とこんな会話だったのだが、この会話を当時の鳥居先生は聞かれていたのかどうかは知らない。今度、鳥居先生にお会いしたら、「私の十代前の祖先が、先生のご先祖様にお世話になったようです」と挨拶してみようか。「搾取されたようです」と言ってはまずいだろうなどと思ったりしたものだった。

話を戻せば、私の九代前の先祖は保科正之が城主の頃、八代前は松平直基が城主の頃に生まれたことになる。城主の松平直基が領内支配のため、大庄屋制などの職制をつくった。村の役人、郡奉行の下に、大庄屋（組）、その下に、百姓、小守、櫃守、書役、小走、藩番などがある。須川東岸平地に志戸田組が置かれるという記述があるから、これは、祖父の作った系図と一致する。さらに一七三二年ころの村明細帖には、志戸田組は石高二千石余り、家族七八（うち本百姓、名子二、水呑二四）人数四〇、馬一〇と記されている。

須川の大洪水の記述もある。一八二四年の須川の大洪水では、年貢減免の嘆願を村民六四人で協議しているし、一八四三年洪水でも、家二五軒が水入りし、一四三人が藩より飯米の支給を受けている。

一揆もあった。村山一揆（一八〇一年）は凶作による米価の高騰に苦しんだ小作、貧農層が起こしたもので、攻撃の対象は山形城下町の地主や豪商であった。これには山形周辺の農民も参加、一揆の要求は受け入れられ、二〇日で終わったとある。

「元和検地帖」には、志戸田など山形城に近接する地域の田畑に分付主の記載がある。祖父はこれにより、田畑など調べ、系図に書き込んだのだろう。分付主はほとんどが姓を持った武士名であるから、武士で帰農した人たちが他にもいたであろうと推測される。

この短い調査では、私がすでに調べていたことと一致することも多く、意を強くした。

母と祖父の地へ

次の年、母を山形行きに誘った。現地に行けば何かのきっかけで祖父のことや昔の山形の記憶がよみがえり、新しい話が聞けるのではないかというかすかな期待もあった。八〇歳を過ぎた母は、あまり昔話をしない。仙台の女専の頃の楽しい話はいくらか聞いてはいるが、祖父のことはほとんど聞いたことがない。それも無理のないことで、母が五歳の時、祖父は他界して、母にはほとんど祖父の記憶がないのだ。

それでも、仙台に住んでいた母が、一度だけ祖父に連れられて、山形に行ったという話は聞いている。母が四、五歳ぐらいの時のことで、仙台から汽車に乗って行き、山形の駅に着くと、大勢の人が迎えに来てくれていたという。

家の庭には柿の木があり、それを誰かがもぎって、皮をむいて食べさせてくれたという、ただそれだけの記憶で、どんな農家だったのか、どんな田圃があったのか、と聞いても覚えていないという返事。面白いことに、母は年老いた今も、柿が大好きである。五歳の頃のあの柿の味覚が残っているのでは……。そのあとすぐ祖父は亡くなり、東京で生まれ、東京で育った祖母はあまり田舎を好きになれず、山形の親類との行き来も徐々に無くなり疎遠になっていったようだ。

母が祖父の地を訪れるのは、柿の実の熟する晩秋がいい、さらに天気の良い日であって欲しいとの思いで、秋になると、新聞の天気予報で山形の天気を気にかけていた。しかし、その年はその機会を逃してしまった。天気予報に一度雨マークが出ると長々と続く。東京あたりなら、雨マークのあとは、三、四日晴マークが来るのだが……。雪国では、どんよりした雨や雪の日が冬の間中続くのだろうか。とうとうその年は山形行きを取りやめた。

次の年は、十月に行くことにし、快晴の続きそうな日を待っていた。

母と二人、急ぐ旅でもない。山形の志戸田町の祖父の生家あたり、乾徳寺、祖父の遺品も展示されている山形県立図書館に行き、その日は蔵王温泉に泊まる。次の日、母の話によく出てくるお釜（五色沼）を見て、青根温泉に泊まる。その次の日は、仙台に出て、輪王寺、祖父母の墓参りをしてから、東京に戻るという旅の計画を母に提案した。

けれど八十三歳になる母は、もうそんな長い旅は無理だという。何時からこんなに弱気になったのだろう。この数年めっきり足が弱くなって、歩くスピードがだんだん落ちてきていて、それも時々立ち止まる。駅の階段などでは、昇りは手すりにつかまりなんとか行くが、降りるのはかなり辛いらしい。数年前まではそんなこともなく、やはり足の弱った父の歩調に合わせるのに苦労していたようだったのだが、今では、その当時の父と同じ歩調になってしまっている。いつからこんなことになったのかと、母の歩く姿を見ると悲しくなる。私もいつかはこの母のようになるだろうかと。

三泊四日の旅行が無理なら、志戸田の祖父の生家と乾徳寺だけでも見ておいたらと、蔵王温泉に一晩だけ宿を予約する。もし調子が良ければ、車で五色沼を見て、仙台に出ればよい。山形駅のどこにエスカレーターがあるかなどは、前回見ておいて分かっているし、極力歩かないようにするからと母を誘う。

十月の快晴が続きそうなある日、さあ今だと、母を半ば説得しての山形行きとなる。母にとっては八十年振りの訪問である。山形駅からタクシーで志戸田町に向かうと、須川が見えてきて、運転手さんに、「須川は今でも氾濫しますか」と尋ねると、四十歳位の運転手さんは、「自分はまだ氾濫したのを見ていない。ただあの川は火山の関係か、硫黄が多くて、農業用には使えません」との返事。

水田に使えないとなると、この川は志戸田の農家にとっては無用な川なのか。無用どころか有害の川でもあったろうか。

タクシーに待ってもらって、大急ぎで乾徳寺の墓地を回る。母は苔むした墓石に、私が前回見つけられなかった曽祖父の名がかすかに読めるのを見つける。その墓とこの寺の開基の墓に香花を手向けて手を合わせる。祖父の残した家系図の童子、童女と記された人たちの墓もこのあたりにあるだろう。私たちと血のつながった先祖の人々の眠れる墓地、涙を禁じ得ず、万感の思いで立ち尽くした。

墓地を出て、寺の近く、祖父の生家を探す。祖父と同じ姓で、庭に柿の木がある家が数件あり、母は多分祖父の生家はこのうちのどれかだろうという。また一軒の門標を見て、「これ、多分あの人の息子さんの名だと思う」と。あの人とは、年賀状だけはやりとりしていて最近亡くなった祖父の親類の人のことだった。

「寄ってみる?」

「息子さんの代になってしまえば、もう何もわからない」

とその家にも声をかけずじまい。

田舎の道や家の敷地の区分などは、都会と違って何十年たっても少しも変わらないはず、きっとこのあたりの風景も八十年前と少しも変ってはいないだろうに、母の四、五歳の時の記憶は何も戻ってこなかった。

山形県立図書館の「県人文庫」というところで、祖父の写真、遺品などの展示を見る。「賢人文庫」の説明には、

――山形県の四周は山に囲まれ、雪が多く積もります。私たちの先人は、この「雪と峠」と戦い、今日の山形を築きました。またそのことが実直、勤勉、閉鎖的、思索型の県民性を作ったと言われております。しかし、こうした自然的、地理系条件を克服し、自らの努力によって中央の各界で活躍した先人も少なくありません。――

となっている。

我妻栄、斎藤茂吉、高山樗牛…など、山形の生んだ著名人の中に、祖父日下部四郎太の名もあった。祖父の遺品の一つとして若き頃愛用の手帳が置かれていた。それには、細かい例の系図を書いたのと同じ字で、数学や物理の公式がぎっしり書かれている。数学の公式では私の知っているものが多いのでおそらくは学生の頃のものだろうか。その後も何時もポケットに入れ、それらの公式を使って計算し何かを考えていたのだろう。北極圏にも持っていっ

たのではあるまいか。飾られている写真は、私の持っている唯一枚の写真と同じで最晩年のものだ。最晩年といっても祖父の場合は四十九歳より前である。

その日は、蔵王温泉に泊まる。スキー客の来る前の人っ子一人いないという感じの温泉町だった。翌朝も快晴、宿の窓から、蔵王地蔵山山頂行きのロープウェーが行き来するのが見えている。「行ってみない」と言うと、母も「行こう」という。宿のすぐ近くの蔵王山麓駅より、そのロープウェーに乗り、樹氷高原駅まで行く。一休みし、そこから別のロープウェーに乗り換えるため、階段を下り、また昇らねばならないが、母は何とかやりとおす。

樹氷高原、その名の通り樹氷の見られるところ。今は、黄葉が美しい。一四〇〇メートルあたりはブナの林だが、この高原はカラマツ、トドマツが多い。日本海からの冷たい季節風が朝日連峰にぶつかりさらに温度が下がって、その水滴が空気中を浮遊する。この浮遊する水滴がカラマツ、トドマツにつくと樹氷になる。今は蔵王といえば樹氷だが、母は樹氷のことは知らなかったようだ。

もう一つのロープウェーに乗り換え、山頂駅まで行く。少し歩けば、三宝忘神山というところで、五色沼、刈田岳方面の視界が開けるようだが、それは止める。この山頂からの視界は山形市の方に開けているが、五色沼のほうは、地蔵山の陰に隠れて見えない。あとひと山越えれば見えるのに残念だ。

「五色沼のこと、お釜、お釜って呼んでいたのよ。仙台の女専の頃、兄さんたちと何度かそのお釜に登った。青根温泉で泊まって、次の日歩くの。馬の背を歩く時は、風がすごくて、ござを体に巻き付け、山を下りるときはござで寝転がって降りたわ」

五色沼（お釜）は、刈田岳の火山湖で、太陽の光線加減で、湖水の色がエメラルドグリーンからルリ色まで五色に変わるというのでつけられた名前なのだという。母の話は続く。

「お釜の湖水が突然、白く濁って、湖面の何ヶ所からか気泡が噴出したことがあったの。すわ、噴火かと騒がれた。地質をやっていた義兄がすぐ調査に行ったのよ」

しかし、その時は噴火しなかったようだ。

蔵王エコーラインを車で五〇分、そこでリフトに乗れば、六分で馬の背に出る。そこから一〇分も歩けば五色沼に出ると案内書に書いてある。私も五色沼や馬の背といわれるところは是非見たいし、行こうと母にすすめる。そこまで行けば、笹谷《ささや》峠も見えるかもしれないし、山形の昔の人が「雪と峠」と戦ったという峠の実感が湧くだろうから。

さらに、この笹谷峠という名は、祖父の関わりで、私には忘れられない地名になっている。というのは、祖父は、今から一一〇年前、仙台の二高に入学するため、山形のこの志戸田村をあとにしたのだが、その時、笹谷峠を越えて仙台に向かっている。当時はもちろん奥羽線も仙山線もなかった。祖父の兄が布団を背負って途中まで送ってきてくれ、その後は笹谷街道を乗合馬車で行ったと、祖父のことを書いた本で読んでいたからである。

「笹谷峠の見えるところに行きましょうよ。そして仙台に出ておじいさんの墓のあるところ、輪王寺ってとこだっけ、あそこに行ってお参りするというのはどう。私は一度も行ってないのだし」

と何度もすすめる。

「もうこれでいいの。これで十分、仙台のお墓参りはもう済ませてあるから」

たしかに、数年前、母から仙台のお墓参りは済ませてきたという話は聞いていた。しかし、もう一度行ければなおいいのではと思うのだが、私の勧めに首を縦にふらない。

年老いた母は過去への感情移入はしまいと心に決めているのか、あるいは〝見るべきものは見つ〟の心境なのか。私はこれ以上勧めることはせず、その日のうちに帰京した。

II

北極圏の村フォート・ユーコン

アラスカ旅行

大切にしている一枚の写真がある。以前は大学の研究室の机の上の写真立てに飾っておいたが、今は家の引き出しにしまっている。ときどき、取り出して眺めては、いい写真だなぁと一人悦にいっている。

その写真は、横八センチ、縦二〇センチの縦長で、題を付けるなら「アラスカ北極圏の村ユーコンの犬橇」とでもなろうか。画面の下三分の二は氷原、上の三分の一は抜けるような青空、その境には鉛色の針葉樹林がどこまでも続いていて、それを背景に八匹のハスキー犬に引かれている犬橇が写る。犬橇の御台には二人の人物。人物はごく小さくて分かりづらいが、一人はネイティブの犬橇の御者（マッシャー）、もう一人は厚い防寒着に身を包んだ私。凍結したユーコン河の一コマである。

この写真、構図といい、色彩といい、なんと見事な出来栄えであろうか。絞りや焦点はどうかと技術的なことを問われるむきもあろうが、そんなことは知らない。なにしろ、使ったカメラは駅の売店などに売っている通称バカチョンといわれるカメラで、付いている機能はシャッターのみなのだから。写真が出来た当初、自分で眺めたり、友人に見せるだけでは物足りず、年賀状に使ったこともあった。もちろんごく親しい友人のみだが、写真屋に頼んで数十枚作ってもらった。題して「アラスカ北極圏の犬たち」。運がよいことに、その年は戌年だった。出来てきた年賀状があまりにも美しかったもので、この写真は、だれかプロの写真家の撮ったものと早とちりする友人もいるのではないかと心配になり、そこで、いちいち手書きで「北極圏の村フォート・ユーコンにて」と付け加えた。こうしておけば、私がそこまで行って撮った写真であることがわかるだろうというわけである。

この写真を撮ったアラスカに行ったのは、大学の春休みのことで、地質学を研究するMさんと一緒だった。アリューシャン列島、ベーリング海も近く、一万年前はアジアと陸続きであったというアラスカ。Mさんはアラスカの氷河を見たいと言い、私は祖父が百年前に行った北極圏でツンドラや星を見たいということで旅行はすぐ決まった。そこで、〝アラスカでオーロラを見る〟というふれこみの、ある旅行会社のツアーに参加することにした。

Mさんとは、その前年の春休みに、ニュージーランドに行っている。彼女は私より一回りも若く元気溌剌で、職業柄調査や発掘や巡検で国内国外の各地を回っていて旅なれている。単独行が多いのだが、私と一緒の旅では、「私が添乗員をしてあげる」と言って、私のパスポート以外は、乗り物のチケットや案内書など何でも自分の大きめのポシェットに入れてくれる。

このポシェット以外の彼女の持ち物はでっかいリュック。行きは最小限の衣類と詳しい地図、それに何種類ものカメラとフィルム類である。ところで帰りは、そのリュックはパンパンに膨らむ。現地で仕入れた地質関係の学術書、講義用の本や地図が何冊も入る。そのがさつな本の間に、意外なことに動物のぬいぐるみ。大事な本の緩衝スペースのためかと思うのだが、そうではなく、彼女にとってはこちらも大切。無類の動物のマスコット好きの彼女は、旅先でお土産屋さんに入ると、それに目がない。「また買ったの?」「また目が会ったもので……」とちょっと照れ笑い。店に入るとぬいぐるみのありそうな方に直行するのだが、ぬいぐるみの動物とすぐ目が会うのだという。「目が会ったのに、ここに残して行くわけにはいくまい。連れて帰らねば……」となる。こんなMさんと、今度はアラスカ行きである。ひょっとして、ぬいぐるみではなく生きた北極熊とでも目が会って、連れて帰らねばとなったらと私は心配になり、競走馬用の目隠しがいるかなあと思う。私がまだ理学部の学生だった頃、

〝太平洋にめだかが何匹いるか知らないと気が済まない人〟と揶揄される、厳密ごのみで、くそ真面目でいささか融通のきかない友人がいたが、Mさんはそれに遊び心と剽軽《ひょうきん》さが加わった愛すべき友人である。

この旅行が決まって、アラスカのことをあまりに知らないことには驚いた。アラスカは無用の土地だというのでロシアからアメリカに僅か七二〇万ドルで売られた土地なのだという。ところがそれからすぐ、カナダとの国境近くに金鉱が発見され、北極海にはオイルも出て一躍注目されたし、アメリカにとっては得な買い物だったにちがいない。アラスカ州になったのは一九五九年で、人口は六二〇万、大都市はアンカレッジ、フェアバンクス。ジュノーなどほんのいくつかで、あとは人口は数百人、あるいは数十人という町や村が五〇〇ほど。

アラスカの住民は、白人が七〇パーセント、原住民（ネイティブ）が一五パーセント、アジア系とアフリカ系が少々というところ、ネイティブと言われる人々は大きく三民族に分けられる。北極海付近のエスキモー、北極海の南に連なるブルックス山脈以南のインディアン、アリューシャン列島付近のアリュートと呼ばれる人々である。

オーロラを観る

まだ、春浅い三月、東京を発って、バンクーバー経由でフェアバンクスへ、そこで乗り換えて少し奥地に入ったチナという温泉の出るリゾート地帯に行く。チナはオーロラ観測のスポットでもある。ここに三日待機して、オーロラの出現を待つのだが、三日いれば、そのうち一晩ぐらいはオーロラが見えるだろうというわけ。私たちは「やっぱり寒いなあ、冬に逆戻りね」と衣類を重ねる。

一日目と二日目は小雪混じりの天候で、白一色の地上に灰色の空から雪が舞うように落ちてくる。露天風呂の温泉の湯気が木々の間に流れ込み、あたりがキラキラと輝く。これがもしかしたらダイヤモンドダストといわれる現象ではないかと見飽きず眺め入った。

この天候では、オーロラは無理だといっても、同行のツアーの客たちはあきらめきれない。山の天候は急に変わるから、突然晴れて見えるかもしれないと、ある人たちは空を見上げて眠らずに待っている。「このツアーの案内には、九十八パーセント、オーロラが見えると書いてあったけど……」とか、「オーロラが見えなければ、旅行代金をお返ししますというツアーもあった」とか、そういう話も聞こえてきた。

ついに、三日目には天候回復。といっても空が晴れているようには見えないのだが、山の上空には雲はないのだろう。いよいよ夜十時、山頂オーロラ観測ロッジに行くことになる。客は皆、備え付けの防寒服、手袋、帽子、それに雪の上を歩く靴の配給を受け、着替える。

全員揃うとなにやら〝南極探検隊ご一行様〟といったようないでたちになり、キャタピラ雪上車というのに乗り込む。この雪上車は戦争直後に見た重量級の戦車のようで、時に地下に潜り込むのではないかと思うほど、ずしりずしりと音をたて、急勾配になると喘ぐように進む。一時間で山頂のパオに到着する。

円形のパオは、皮で張られていて、中に一つだけランプがあるが、人の顔もほとんど判別できないほど暗い。外は雪明りで見るしかない。地面の深い雪は表面が凍っていて、歩く時はほとんど雪に手をついて這うような格好になり、危険きわまりなし。

カメラマニアはそんな中、早速オーロラの出ると言われる方向に、カメラの設置にかかるのだが、パオから離れると上手くいかないらしい。零下三十度の雪上ともなれば、普段とは勝手が違う。厚い手袋の手はかじかみ、目だけ出しているその瞼が凍る、体の動きは鈍る。その上、呼吸は浅くゆっくりとすること、動作は早くしてはいけないとの注意を受けており、にっちもさっちもいかない。しかも、十分もすると凍えてきて、もうこれが限度とパオに戻らざるを得ない。Mさんとはとうに離れ離れになってしまっていたのだが、彼女はカメラの放列の端に出て、三脚を使うのは諦めたのか、雪上に直接カメラを据え付けているのがやっとわかりほっとする。

準備万端、カメラの方は整っても当のオーロラの方はなかなか現れてはくれない。時たま、遠く墨絵のように見えている眼下の山際あたりから、一筋の煙のようなものがひょろっと昇ってくる。すると、カメラを構えている人に緊張が走るのだが、白い煙は大きくも色濃くもならずにやがて消えてしまう。その度に落胆の声。

「あ、出た！」

「あっ、消えた！」

の繰り返しで、そのうち諦めムードも出てくる。新月の頃ではあったが、すでに三月の中旬でオーロラの見えるギリギリの時点であった。その上、オーロラの多発ピークは十一年周期で、一九九九年から二〇〇〇年にかけてがその時期にあたっていたというから、この年は丁度出現の少ない年でもあった。

私はこの分ではオーロラの出現は無理だろうと、早々諦め、パオに出たり入ったりしながら時間とともに増えていく満天の星を見上げていた。北極星は真上。南半球のオーストラリアの草原、ニュージーランドの山陰、あるいはアフリカのサバンナで見た星座とどこか違いがあるのかと興味は尽きない。零下三〇度、幸い無風だから、体感温度もそれを下回ることはないのだろうが、それでも息をするのが苦しいし、目が凍るようでまばたきが出来ない。

そのうち空の下の方に他の星と色が違うちょっと黄色っぽい星があるのに気が付いた。よく見るとなんとゆっくり移動しているではないか。流れ星にしては動きが遅い。「なんだ、なんだ」と声をだしたのか、やっぱりオーロラに見切りをつけ、星を眺めていた人が「あれは人工衛星ですよ」と教えてくれる。そう言われてみれば、色も何となく人工的だし、同じ星という字を持っていても二つは別物だなあと思う。それにしても、北極圏近くまで来て、凍った目で人工衛星を初めてみるとは。「今は、人工衛星は世界中で二百位打ち上げられていますからもう二つ三つは見つけられますよ。最近打ち上げられた日本の気象衛星は、ここを通る軌道ではないでしょう」という。ぜひもう一つ探したいと思うのだが、寒さ、息苦しさには勝てず、暖をとるため、また這うようにしてパオに戻る。次に、パオから出てきた時は、残念なことに、せっかく見つけたさきほどの人工衛星の姿も見失ってしまう。また反対の空に出現するのではないかと、何度かパオに駆け込みながらも人工衛星さがしに夢中になる。

その時、「ノー、フラッシュ!」と鋭い声が飛んだ。ノー、フラッシュとは、カメラのフラッシュをたくなということだから、誰かがカメラを使いだした、つまり、オーロラが出現したということか。いよいよオーロラの出現かと私も方向を変え目を下に移す。暗闇の中、カメラを構える人の緊張は極度に達しただろう。

見れば山の端からの天空に向かって伸びる白い煙のような筋が今度は消えずにいて、白がほんのりピンクの色に変わっていく。これがオーロラというものなのか。この淡い光をカメラに収めるのは難しいだろう。本やテレビで見てきた、あるいは想像してきたオーロラは、緑や青の色鮮やかに、カーテンのように揺れるものだったのだが。

作家たちは、このオーロラ（北極光）を光の緑の矢が天空をさして走るとか、緑や赤の大蛇が天空を乱舞するとか、天頂から地平線まで緑白色の光の束が天空の裂け目のように出現するとか過激に表現する。経験したことのない寒冷の地、山頂の静寂さ、それらが人の感覚を鈍らせ、思考を委縮させ、想像の世界のみが広がるからではなかろうか。ならば、私も想像の世界、仮想の世界に遊ぶのもよかろうということになる。

「今、もしここに……」と、友人の経済学者がよくやるように仮定してみよう。もしここに、ド迫力のオーロラが出現したと仮定するのである。すると、それは、皇帝級オーロラという学名をもつオーロラであるべきだろう。光の束が厚いカーテンのように何重にもなり、かつ揺れ動くとなる。ほとんど天頂から地平までの空を染めた色彩は、緑から暗赤色に変わる。なんたる荘厳さ、なんたる優雅さであろう。ところが、この静寂の世の光の乱舞が、一瞬反転、今度は音の世界となる。荘厳で優雅な音の世界。響き渡る旋律は荘厳で典雅で雄大なあの名曲、ベートウベンのピアノ協奏曲第五番「皇帝」であるべきだろうと……。

音と色彩、形のド迫力に、パオを出た人々はただ立ちすくむ。パオに戻ることを忘れた人々は凍てついて意識を失う。

再び鋭い「ノー・フラッシュ！」の声に、私の妄想の世界はここまで。

午前三時にやっと迎えにきてくれた雪上車に乗り下山する。

セスナより氷河を見る

「マウント・デボラ山岳氷河ツアー」というオプションの遊覧飛行は、Mさんにとっては、これがアラスカ旅行の主目的だといえるほど、期待して楽しみにしているものだった。

天候の回復を待つこと三日、もう今日しかないという日になっても、チナの村には小雪が舞い、あたりは氷雪の世界。ツアーは決行できないかと何度もデスクにかけあうのだが、「なにしろ希望者があなた方二人だけで」という返事。ところがセスナは六人乗りなので四名以上の希望者がいなければ採算が合わないから飛ばないという、また、「この天候で、パイロットが飛んでくれるかどうかも難しいが一応パイロットに連絡をとってみる」と言ってくれた。するとパイロットは「この天気でも雲の上は晴れていることもあるから、人数が揃えば飛ばします」と言ってくれたという。

さて困った、せっかくパイロットが飛ぶと言ってくれるのに、人数が不足だからと諦めることはないだろう。

「引き下がる手はないでしょ、四人分払おうよ」

と、どちらからともなく言い出す。

「日本からアラスカまでの飛行に比べれば微々たるものだから」

というわけで、四人分払うことにする、つまり、セスナを一機貸し切ったわけである。しかし考えてみると微々たるものと言ったのは、日本からアラスカまでの飛行距離とこの僅かなフライトの距離を比較してのことで、両者の運賃の比較ではなかった。この一機貸しきり代は、アラスカツアー代金に含まれる飛行機の格安料金の部分と比べてもそう微々たるものではなかった。それにしても、「セスナをハイヤーするなんて、ちょっとリッチな気分でない？」と喜々とした。

パイロットが来るまで、そこの滑走路のところで待っていてくれと言われたのだが、滑走路というのが見つからない、なんのことはない、それは一昨日も空を眺めていた空地のことだった。もちろんカチカチに凍っている。

「へ、これが滑走路、飛行機どこから飛んでくるの？」

飛行機は飛んでこなかったが、パイロット氏はやってきた。デスクの人は、彼は退役軍人のパイロットで腕は確かだと言っていた。実は、私たちの乗るセスナは私たちのすぐ目の前にあったのだ。すっぽり雪をかぶった小屋に見えたのだが、よく確かめれば翼もついている。零戦を前後に少し伸ばしたような形。

「こんな小さいのに乗るの？」

と急に心配になってきた。一瞬止めた方がよいのではという思いが頭をかすめたが、これまたこの期に及んで引き下がる手はないというわけで、「よし、行こう」と決行と相成る。「ノー、チェンジ！　ノー、チェンジ！」と掛け声勇ましく、である、パイロット氏は、窓の雪や氷を手で除くと、羽に足をかけてそこからひょいと中に入った。エンジンをかけたのか、機体が震え始め、そこから雪や氷がいくらか飛び散った。その様子は雪をかぶった犬が、ぶるんぶるんと体をゆすって雪を落とすのに似ていた。

すっかり雪や氷が除かれるまで、時間がかかるだろうと思ったのだが、パイロット氏はすぐに乗れと合図をしてくる。どうやらこの恰好のまま飛び上がるらしい。雪をけ落として窓か入り口かというところからやっとのことで機内に入る。Mさんは操縦席のパイロット氏の横の席、私はその後ろの席に座る。早速、Mさんはリュックからカメラを出し、「さあ、仕事」という感じ。私はシートベルトはどこかと手探りで探すが見つからずあせっているうちに、なんとセスナはもう動き出すではないか。ガチガチに凍った滑走路を横歩きし、つるんと滑ったようだったが、あっという間に飛び上がった。ヘリコプターでもないのに。

厚い雲はチナ近くだけで、それを抜け出すと視界も開けた。白い地上を走る灰色の線、石油のパイプラインがまず目についた。アンカレッジ近郊で目の前で見てきたパイプラインである。このパイプラインは、北極海に面したブルドーベイからツンドラを通り、ブルックス山脈、アラスカの山脈を越えて延々と一三〇〇キロ続きアラスカ湾にある不凍港に達している。厳冬期にはマイナス七〇度、夏には三〇度になり、この大きな寒暖差に対処できるような技術が要求され、日本人の技術者も参加して作られた、地球の人造物の長さでいうと、万里の長城に次ぐ二番目だという。そのごく一部を今、セスナから眺めているのだ。

パイロット氏が指差す方に、緑でない茶色の針葉樹の森が見える。不思議なのだけれど針葉樹は雪をかぶらない。「火災の跡ですか」というと「そうだ」とのこと。確か昨年アラスカで大きな森林火災が発生し、何か月もたって消火できないという新聞記事があった。アラスカの森林やツンドラ地帯では、山火事は小さいのまで入れれば毎日起っているとのことで、三種類の森林火災があるという。一つは落雷により引き起こされるもの、二つ目は当局で動物の生態系を考慮して意図的に森林を燃やす火災で、森のライフサークルに必要なのだという。この地方独特のスプルースの森が出来上がるまで、一五〇年から三〇〇年かかり、その間には、森は次々と様相を変える。火災で燃えると、焼け跡にすぐファイヤーウィード（ヤナギラン）が生え、二年後に一斉にピンクの花を咲かせる。この焼跡をピンクに染めるヤナギランの群生はとても見事だというが、それも翌年には他の草にとって代られ、次に灌木が生い茂り、一五〇年でシラカバ、スプルースの混合林となり、次の一五〇年でスプルースだけの森が出来上がる。これが森の一生で、森が様相を変えるたびに、そこに生息する動物の相も変わる。パイロット氏は「雪のない夏に来てみなさい。それはきれいで、ピンクや茶色のパッチワークのようだよ」と説明してくれる。森林火災の三つ目は特にツンドラ地帯の火災で、ツンドラ（永久凍土）が燃え、表面を覆うコケ類、灌木の上を炎が走るのだという。永久凍土には死んだ植物が分解する時に作られる高濃度のメタンが蓄積されていて、それらが解けると、メタンが放出され、そこに落雷などで火がついて燃えるという。

そんな説明が聞こえてきているうちはよかったのだが、私は気分が悪くなった。水平飛行が終わって急に高度が上がったようだった。パイロット氏が前方左手方向を指して、

「今は残念ながら見えないが、マッキンレーはこの方向です」

と言い、セスナは左折してデボラ山の方に向かった。マッキンレーといえば、かの植村直己さんが冬季単独初登頂を果たし、下山の途中で消息を絶った山。冬のマッキンレーでは、北極圏からの猛烈なブリザードが吹くという。

私が急に黙ったのに気が付いた前席のMさんが、「大丈夫か」と声をかけてくれた。「大丈夫よ」と答えるが、眠気に襲われ高山病の始まりかなと思う。急に海抜が高くなったのだろ

うが、どうも三〇〇〇メートルを超えると私は弱いんだと、かつてスイスのマッターホルンの山頂ホテルで激しい頭痛と吐き気に襲われ高山病になったことが頭をかすめた。けれど高山病は、海抜の低い所に降りればすぐ治ることも知っていた。なあにこのフライトもあと一時間少々だと思いつつうとうとしたようだ。

その一時間少々は、パイロット氏とMさんの二人旅のようなフライトで、私はほとんど思い出せない。Mさんは思う存分氷河を見、その姿をカメラに収めた。けれどMさんの話によると、盛んに説明してくれていたパイロット氏の話の数が急に少なくなった。おやっと思って、パイロット氏の方に目を移すとどこから取り出したのか、酸素マスクを鼻に当てるところだった。「あの時はちょっと心配になった」と後述してくれた。事故でも起きれば、セスナもろとも雪の中に埋もれ、雪解けに姿を現しても、もう誰も探し出してはくれないだろう。

雪の中をとんぼが飛ぶように、或いは羽虫が漂うようにしか見えない小さなセスナ機。それが突如、迷走を始めようが、動きを止め姿を消そうが、だれも知ったことではないだろう。大自然の中に、ちょっとした好奇心を持って顔を出したちっぽけな人間である私たち。

ともあれ、セスナは無事に、二時間前に飛び立った小雪の舞う中、かの凍てつく滑走路のあるチナの町に戻って来ることが出来た。

フォート・ユーコン

北極圏にフォート・ユーコンというアサバスカ・インディアンの村がある。この村は、アラスカ中部をカナダからベーリング海へと流れる大河ユーコン河が一か所だけ北極圏境界線（アークティックサークル）を北に超える地点にあり、フェアバンクスから小型飛行機で一時間程で行ける。

その村に行き、ネイティブの人々の生活を見、犬橇にも乗れるというオプショナルツアーがフェアバンクスから出ていた。北極圏に足を踏み入れるなんてロマンティックではないかと、今度は私が是非行きたいと言い出した。希望者はまた私たち二人だったが、定期便で行くのでそれでもかまわないという。

フォート・ユーコンまではフェアバンクスからある会社が定期郵便飛行機として小型機を飛ばしている。人はそれに便乗するので、小さいながらも一応飛行機乗り場はある。搭乗客インフォメイションにはタイムテーブルもある。それによれば、フェアバンクスから、北方の二十四ほどの村ごとに直接飛行していて郵便、乗客、物資を運ぶ。飛行路はまわりのない車輪のような線となり、一つの村から隣の村への飛行路はない。フォート・ユーコンには一日に三往復、他の村には二往復か一往復。日本人のフランク安田という人が、かつてバローから来てエスキモーの人々の村を作ったことで知られる人口八〇人の村へは二往復。フェアバンクスから北、ブルックス山脈より南には五〇〇ほどの町や村があるが、殆ど交通機関はなく、この定期便が唯一の外界との連絡網となる。人口は一キロ平方に〇・四人という。

乗り込んだのは双発のプロペラ機で、パイロットを入れて一〇人乗り。今度は出発前に落ち着いて機内を観察する。消火器もちゃんとパイロット席と乗客席の間に置かれている。ただ日本の家庭ならどこにでもある水が出て消火できるというちゃちなものではある。緊急避難口は各乗客の窓にあり、窓ガラスの両サイドを強く推すと、窓ガラスが落ちて脱出できるという。その上、緊急を知らせる信号（ビーコン）も外の尾翼の下についている。飛行中、この飛行機の位置を知らせたり、不時着の際にもその位置を知らせることができるシンプルながら無線装置を持っているのだから、「今回は安心よ」とMさんが言う。

プロペラ機は一路北を目指す。乗客はネイティブの親子づれと私たち二人。それに郵便物の入った袋と何かの荷物。眼下はあっという間に人っこ一人いない白い大地となる。前方にはなだらかな山々が見えてくるが、これがユーコン・タナナ高地、さらに進むと銀嶺の山々、その名もホワイト・マウンテン山地。氷河にけずられた急峻な山々である。手持ちの説明書によれば、かつてこのあたりは、なんと南太平洋の海底だったというが、それが何百万年もの間、大陸移動と浸食を繰り返し隆起して、こういうアラスカの山々が出来たという。とても信じられない話で、気が遠くなるような昔の話である。

山地を超えると、なだらかな広大な原野が見えるが、このあたりは、ユーコン・フラット国立野生生物保護区。雪がなければ森林の陰に動物の姿が見えるのだろうか。この原野は、何千年もの間に、ユーコン河が洪水を繰り返し、周囲の山々を浸食して造られたそうだ。

Mさんの眼は手に持っていた詳細な地図と窓からの眼下の景色を交互に行きかい、カメラのシャッターを切る回数が多くなる。こういう時の彼女の顔は研究者のそれで、学術用、教育用のよい写真が撮れるようにと、こちらから声をかけるのも憚られる。

しかし、その時は別だった。漠然と機の進行方向に目をやっていた私は不思議な景色を目にし、前の席の彼女の背を叩いて声をかけた。

「ね、変なものが見えるよ。あれは何?」

白い大地に白い丸餅を敷き詰めたような奇妙な地平が眼下に近づいてくるではないか。

「何だ、何だ、あれは……」

カメラから目を離した彼女にもこの奇景が目に入ったようだ。

「白い餅のようなもの、百や二百はあるじゃあない。いや、千や二千かも」

「ひょっとしたら、あれ、田んぼの凍ったもの?」

「ツンドラ地帯特有の湖沼群だ」

とMさんが大声を上げた。さすが地質学者、永久凍土（ツンドラ）の大地の湖沼群を知っていたのだ。ツンドラの大地では、凍った土地に楔を打ち込むような氷塊があるが、それが徐々に成長すると、数百年の歳月を経て、田んぼの畔のように盛り上がる。そこに雨水が溜り、直径三〇メートルから五〇メートルの池がずらりと並ぶ。当然、雨水は凍っているから白く光り、日本人の私には丸餅を並べたように見えるということらしい。

このツンドラの大地の湖沼群の光景はまさに圧巻であった。私も今までかなり世界を旅し、あちらこちらの大地を上から眺めてきた。アメリカの大地、ニュージーランド、アルプス、ヒマラヤ……と。山々や氷河にはあまり驚かなくなってはいるが、この光景はどこにも見たことのないものであった。小学校の地理の授業以来、何度となく耳にしたツンドラという言葉。その言葉をまさに実感した時だった。「今、私たちはツンドラの上空にいる」と。

ここで地質学者の言に触発されてか、私の数学バカの習性が顔を出す。さっきこの沼で白い餅の数を百とか二百、あるいは千や二千と言ったが、その数の根拠は如何というわけである。ツンドラの大地を平面に、白い餅を円としてみよう、と図らずも頭の中で数学化が始まった。平面に正多面体を隙間なく埋める平面充塡問題の一つの変形と考えられるではないか。ここでは正多面体ではなく円を埋めることになるが、これに関しては、面白い未解決問題があることを思い出す。

それは、巾二センチ、長さ一〇メートルの平面に、最大何個の直径一センチの円を重ならないよう並べられるかという一見誰にでも解りそうな問題である。二列に並べれば二〇〇〇個で、これ以上は無理ではないかとやりそうである。しかし、ハンガリーの数学者が二〇〇八個詰め込む方法を見つけた。これが最多の配列であることを、数学者たちは証明しようとしたが長い間証明できなかった。実はそのはず、この配置は最多の配置ではなかったのだから。二〇一二個詰める方法がみつかった。しかし、これも最多の配置かどうかは証明できない。この種の問題は数学的証明もできないし、方法が無数にあるのだから、コンピューターも使えない。

こんな事を考えながら、眼下の湖沼群を見ると、それらの半径はすべて同じではなく、沼のない所もある。となると、これは二次元の平面充鎮問題ではなく、三次元の空間充填問題と考えるべきではないか。空間を正多面体あるいはいくつかの準正多面体で埋める問題である。眼下の湖沼群の景観は、三次元空間をある平面で切った切り口の景観にすぎないのではと。三次元充填問題は、通信の分野で声を電子に変えて効率よく送るための立方晶系の最密充鎮（クローズパッキング）にも繋がる重要な問題なのである。

アラスカのはずれに来て、数学の問題を思い出すとは予想外であったが、森羅万象すべて学問の始めなのである。〝どんな複雑な数学の概念も自然の中にモデルがある〟（ディラック）や。〝数学上の発見は自然の中での発見の鋭い喜びの感情に導かれてなされる〟（岡潔）の言葉が思い浮ぶ。

ちなみに、後で調べると、アラスカのこの地方の湖沼の数は二万個との記述があった。

そうこうしているうちに、機は高度を下げ始めた。どうやらユーコン村に近づいてきたのだろう。ということは、今、北極境界線を越えつつあるか、ちょうど超えた頃だろう。

「下に境界線見える?」

「はは……。あなたはニュージーランドに行った時も、北半球から南半球に移る頃、下を覗いて、赤道見えてきた？　と言ったわね」

とMさん。確かに境界線は見えなかったが、ユーコン河の流れは見えるはず。しかし、こちらも見えなかった。このまま北方を目指せば、北米最北のブルックス山脈があり、さらにそれを越えれば、北極海に出るはず。そこにはバローというエスキモーの町がある。あ、、この飛行機、北極海まで飛んでくれればと、叶わぬ思いが募る。

白い大地をちょっと爪で引っ掻いたような滑走路が見えてきて、機はそこに降りる。管制塔も見えないし滑走路の周囲にはフェンスもない。あとで分かったことだがフェンスは動物の行き来を邪魔するという。機を降りると、すぐ横にトタン屋根の小さな小屋が一つあり、〝パッセンジャーエントランス〟の表示が見える。壁に〝F・ユーコン・アラスカ〟の表示も。一日、三往復で、一回数人の乗降客があるだけだろうから、日本の片田舎のバス停ほどの建物で事足りるのだろう。

その小屋の隅に、案内してくれるリチャードさんの姿を見つけてほっとする。「トイレはここで済ませておいてくれ」とのことなので、小屋の中に入ると、誰の姿も見えない。トイレは確かにあったが、なんとも侘しい今の日本では見かけないものだった。これから先はこれほどのトイレもないのかと心配が増す。

意外なことは雪上車でなく、普通のライトバンに乗せられ、リチャードさんの家に向かう。この村はグッチン・インディアンの人口五〇〇人の村だという。旅行前に見た案内書にはアサバスカ・インディアンの人口七五〇人の村とあった。またフェアバンクスの日本人のガイドは人口は六〇〇人と言った。それをリチャードさんに言うと、人口は段々減少しているという。さらに声を大きくして、「アサバスカではなく、グッチンだ」と強調する。そういえば、機を降りた際に、小屋にグッチンの文字が書かれていた。

インディアンには八種族あるという。アサバスカはその一つなのだろうか。他の種族とは戦いはしないが、仲良くもしないという。その八種族の名を書いてくれとメモ帳を差し出したのだが、英語では書けないという。というより他の種族のことは言いたくないという風に受け取れた。リチャードさんが、私より上手な英語を話すのに驚いたのだが、考えてみれば、ここはアメリカの一つの州アラスカなのだ。グッチンだろうがアサバスカだろうがインディアンというと、アメリカ映画の西部劇に出てくる、羽を頭に付けた裸の人を想像したりするのだが、リチャードさんの祖父はアイルランド人だという。それが何故この地に。グッチンというのは母方の方なのか。リチャードさんの風貌は白人に近いか、私たちモンゴロイドに近いかといえば、ちょうど真ん中あたり。あとで、ちょっとだけ姿の見えた奥さんは、色が黒くエスキモーに近いのではと思われた。

五分もライトバンで行くと、一塊のバラック建ての家があり、リチャードさんの家もそこだった。リチャードさんの家は三個の平屋の小屋から成っていて、一つは断熱材が施されたような煙が出ている住宅、あと二つは、食糧貯蓄小屋と道具を置いた小屋。それを十数個の犬小屋が取り巻いている。道具小屋を覗いてみたが、修理のための道具が何でもあるようで、日本で見るちょっとした町工場のよう。これだけの道具がなければ、生活していけないのだなあと、私たちの今の何でも人に頼んでいる便利な生活に思いが至る。食糧貯蔵小屋はそれ全体が冷蔵庫で、ガチガチに凍った大量のサーモンや動物の肉がぶら下がり、動物の皮や毛皮が置いてある。外の雪上には、大きなドラム缶に魚の頭や骨が入れられ煮たっている。

とわかる。
「これを食べるの？　何で外で料理するの？」とぎょっとしたのだが、これは犬用の食糧だとわかる。

リチャードさんの住居に入れてもらう。入口は三重になっていて、断熱材の綿のようなのが何重にもなった厚い壁がある。室は二つあり、一室は居間兼食堂、もう一室の方のは真暗で何があるか分からない。驚いたことには居間兼食堂は、テレビあり、電気製品あり、長椅子ありで、日本の普通の室と変わりない。パソコンも一台、これで他の地域、特にフェアバンクスの旅行業者とも連絡をとり、私たちのようなこの村への訪問者を迎え入れているのだろう。しかし季節によってはほとんど客がないという。

このツアーでは、ネイティブの家を訪問し、ランチを御馳走になるという楽しみもあった。リチャードさんが料理を始めた。フライパンで骨付きの肉をぐつぐつ煮て焼いて油を抜いているのか。この焼いた肉を、何かのスープをかけたライスのわきに置いて乾パンをそえて一皿にして、テーブルに出してくれる。いとも簡単なランチである。肉は黒くてバサバサでとても美味しいとはいえない。

「これ、何の肉でしょうか？」

と、思わず聞いてしまう。

「ブラック・ベアーだよ」

との返事。私たち二人は、ほとんど同時に、口を手で押さえ、呑みこむのを止めているではないか。吐き出す一歩手前。

「この肉はそんなでもないが、シープの肉はうまいよ。ただ一年に一度か二度しか捕れないが……」

と、リチャードさん。このブラック・ベアーも、自ら射止め解体し、あの食糧貯蔵庫にガチガチに凍らして大切に保存されていた貴重品に違いない。

この人口五〇〇人の厳寒の村での生活について、いろいろ尋ねる。この村には、法律家、医師、会計士、機械工、牧師などの免許を持った人はいないが、すべて事足りている。(Health aides across Alaska) がブースを開いてくれているし、皆、助け合ってやっている。長い経験で、機械や電気製品を上手に修理する人がいるし、会計をやってくれる人も、ディーラーもいる。電気は太陽光発電、暖房はオイル。

村の冬の平均気温はマイナス三十度くらい。マイナス五十度になると飛行機も来ず、学校は休みになる。マイナス七十度になると、オイルがジェリー状になるから、夏の内に、薪を集めておくことも必要になる。マイナス三十八度で機械もスタート出来なくなる。マイナス七十度を何日か過ごした後のマイナス三十度はとても暖かくて気持ちが良いとのこと。

長い冬が続いた後、氷が溶け出すのは、五月中旬を過ぎた頃からで、川岸から徐々に溶け始め、あっという間に川の水かさが増し洪水のようになる。大量の雪解け水が流れるため、河はいたるところに三日月湖ができて蛇行するのだという。雪が融けると同時に、草花が一斉に咲く。野イチゴが緑のツンドラに見られるのはこの頃。八月中旬には、ツンドラの草は茶褐色になり、九月には初雪が舞う。十一月には完全に凍結してしまう。

リチャードさんは、冬にはさらに北方のカナダ国境に猟に行くという。地図でその場所を示してくれたが、頭文字にPがつくところで、そこに小さな冬の家を持っているという。猟にはハンティングとトラッピング（罠猟）があるが、罠猟解禁は十一月十日で、トラッピング・ライン（罠猟師の縄張り）がある。その季節になると、その小屋に泊り、ハンティングもするが、罠を仕掛け、ドールシップ、マウンテンゴート、ブラック・ベアー、テン、ムースなどの獲物がかかるのを待つ。獲物は皮をはぎ、毛皮を干し、解体する。ムースは七〇〇キロもあり、肉のいいところでも四〇〇キロもあるが、それを犬橇で引いて帰ってくるという。ハンティングのカリブ猟はユーコンでもでき、肉は食糧、脂は燃料、皮は衣料、余った肉は乾肉（干し肉）となる。猟は三月で終わる。

犬橇に乗る

いろいろな話を聞き、ブラック・ベアーの昼食を終え、今度は犬橇に乗るんだと外に出る。家の外では、犬がキャンキャン声をあげて吠え、若い二人の白人女性が犬と奮闘している様子。どうやら彼女たちは、犬小屋から犬を連れだし、ソリを引かせるべく橇のそれぞれの定位置に付かせようとしているらしい。「ヒッピーの娘だよ、彼女たちは」と、リチャードさんはちょっと軽蔑したような顔でいう。

この二台の橇は、これから私たちの乗る橇であった。橇とは名だけで、ただ何種類かの動物の皮を皮ひもで縫い合わせて浅い箱形にしたものにすぎない。金具を使ってあるのは、カリブの毛皮を、毛のある方を下にしてできている底に、直角に立っている棒を繋ぐ箇所のみ。乗り心地（といっても、前方に足を投げ出し、上半身を起こして乗るのだが）をよくするためか、皮や毛皮が何枚も敷いてあって、その動物の臭いが強烈に鼻をつく。

犬の鳴き声は止まず、女性たちはてこずっている。「犬がキャンキャンと尻尾を下にして吠えているのは、いやがっているのだ」と、犬好きのMさん。女性たちの奮闘空しく、結局リチャードさんが手を貸して、一台目の橇は八匹、二台目は六匹の犬を繋ぐ。繋ぎ方には順序があるようだった。

リチャードさんの「乗れ！」という合図で、私が一台目に乗り、その後ろの御者台にリチャードさんとヒッピー娘の一人が立つ。二台目にMさんが乗り、御者台にはもう一人ヒッピ

ー娘が立つ。動物の皮や毛の臭いに我慢するのは大変である。臭いのなんのと思う間もなく、リチャードさんの、

「ハック！」

の一声で、犬たちはわが意をえたりとばかり走り出すではないか。いきなりの猛スピードで、私は焦った。まだ掴まるところを見つけてはいなかった。寝たような格好で乗っていて重心が低いから、そう簡単に放り出されはしないだろうが、もし、そうなったら何処にしがみつけばよいのだろうか。

あっという間に、さっき通った道を過ぎ別の方向へ曲がる。どこかの家の犬が、その橇の音を聞きつけてか、激しく吠えた。犬同士のエールを送る挨拶なのか、自分たちも走りたいということか。どこの家にも、犬は十数匹はいるらしい。

犬の声が聞こえなくなり、橇が方向を変えた時、どすんと振動がきた。どうやら犬橇トレイル（小道）といわれている所から、灌木のある坂を横切って下ったようで、目の前に白銀の世界が広がった。ユーコン河の雪原に出たのだった。ユーコン河は幅が七〇〇メートルもあるとかで、どちらが川幅なのか、川の流れはどちらの方向かさえ見当がつかない。まさに雪原である。月の世界もかくやあらんと思われた。それからは何の障害物もなく、走りに走った。やがて西に向かって走っていることは、雪に映る影で分かったし、川岸に平行に走っ

ていることは遠く両側に雪をかぶらない針葉樹が続いていることから理解できた。雲一つない青空に、地上の雪白、そこを喜々として走るアラスカハスキー犬に曳かれた橇。寒さも恐ろしさも感じなくなり、動物の臭いも気にならず、後ろで犬橇を操っているリチャードさんに声をかける余裕が出てくる。

「この辺りで、オーロラは見えますか」

「もちろん、夜になれば見えます」

と、突然、「ウオッ!」とリチャードさんが声を上げ、ロープを力一杯引っぱったらしい。その声に犬たちは止まり、一斉に後ろを振り向いた。犬橇は止まった。その間、数秒。「アクシデント!」また、リチャードさんの大声がした。その声に、或いは犬の振り向いたのにつられたのか、私も後ろを振り返った。かなり後ろの雪上で、Mさんが立ち上がろうとしているのが見えた。何事が起ったのか。

二台目に乗っていたMさんは橇から放り出されたようで、マッシャーが必死で犬橇を止めようとしているところだった。後で分かったことだが、Mさんが雪面に放り出されたのはそれが最初ではなかった。一度目は、私の橇もがたんときた、川面へ降りるあたりで放り出されたという。今回は、マッシャーが犬を制御できないと危険を感じ、Mさんは自分で体を傾けて雪上に転がり出たのだという。近寄って見ると、Mさんの顔はかすり傷が何か所かある。

硬い雪面で打ったすり傷だが、後は無傷。この程度で何メートルも引きずられずにすんでよかったとほっとする。私は見習いのマッシャーを乗せたリチャードさんの御す橇で前方を走っていて、後ろの見習いのマッシャーの御す二台目に乗っているMさんのことを少しも考えていなかった。自ら体を滑らして橇から逃げたとは、さすが彼女だと感心、私ならそうはいかなかっただろう。

しかし、そのアクシデントが私には幸いした。あの写真が残せたのだから。Mさんが犬橇から落ちたところを写真に収めておこうとの茶目っ気から、私は厚い防寒服のポケットに入れておいた通称バカチョンカメラを取り出し、二、三枚シャッターを切った。そして私の橇の方に戻ったのだが、私の橇と八匹のアラスカハスキー犬を写しておきたいと思い直した。

そこで、Mさんに向って、「こっちも写して……」と大声を出すと、「OK！」とばかりMさんは滑るように私の方に駆けてきて、私の投げたカメラを受け取り、また何十歩か前方に駆けていった。そして、私がリチャードさんの御者台に乗りポーズをとったところを一枚だけシャッターを押してくれた。とっさにワイドのボタンを押してくれたのか、Mさんのとっさの判断で見事なユーコン河全域をとらえた細長い写真が出来た。これが、最初に述べた、我が生涯ピカ一の写真なのである。アクシデント様さまである。

一息つく間もなく、今度は私が後ろの犬橇に乗り再スタート、五キロほど走ったところでユーターン、アクシデントもなく同じコースを逆向きに走り帰ってきた。

帰ってきて、ほっとしたのは私たちだけで、それから後の犬の世話に三人は忙しかった。マッシャー見習いの彼女たちは、十四匹の犬を各犬小屋に戻す、犬はハーハーと苦しそうに舌を出して、雪の上に引っくり返り体を冷やしている、先頭で曳いていたリーダー格の黒っぽい犬はさすがに疲れたというように横になっている。リチャードさんはといえば、さっき見たドラムカンで煮ていたサーモンの頭やら尻尾やら肉やら骨やらをスープと一緒に、十四匹の犬のこれまためいめいの食器に配って廻っている。

フォート・ユーコンの四季

村の中を車で案内してもらう。村人の家はリチャードさんの家のようにバラック建てが多いが、木の家もある。床が地面から一・五メートル程あがっていて、高床式工法で建てられた永久凍土地帯特有の様式だという。地面から上げるのは、家の中の熱が直接地面に伝わらないようにし、家が傾いたり、ゆがんだりするのを避けるためである。

家を建てる時は、先ず、凍土にコンクリートの支柱を四メートルも打ち込む。凍土は凍っていれば、岩盤と同じように堅固だから、それは大変なのだという。その支柱の地上に残った一・五メートル程の部分に家を建てる。それでも、夏の気温上昇により、表面の凍土が融け、家が傾くことがあるのだという。と言われてみると、何軒かの家が心持傾いて見えた。

この辺の高床式の住宅は個人の家というよりは官舎のようなものなのだろう。リチャードさんが、ヒッピーの女の子たちと呼んだ彼女たちの家もこの中の一軒だった。「なにしろ、彼女たちは村一番の高給取りだから」と、リチャードさんは言った。彼女たちはアメリカの何処かで求人に応募し採用されて、このアメリカの奥地までやってきたよそ者で、一人は学校の教師、もう一人はナースをしている。数年経って彼女たちが帰るとまた別の人がくる。アラスカに数年滞在した記念にと、犬橇の操縦を覚える。ちょうど数日アラスカに滞在した私が、犬橇に乗っている写真を撮って大切にしているのと同じように、彼女たちもマッシャーになれたことをアラスカの思い出とするのだろう。ただ彼女たちは犬橇が走れるようになるまでの様々な苦労を分かっていないとリチャードさんは言いたいので、それが前述のちょっと軽蔑した言い方になったのではなかろうか。犬橇の橇を作ること、犬を育てて訓練すること、毎日の餌の手配（ドッグフードなどはないし）、次の代の子犬の育成もやらねばならないことである。そのような苦労をせず、ただ用意された犬橇に乗り、技術だけの習得をしてレースに出るのは、一人前のマッシャーではない。厳しいアラスカの自然や生活をまず学ぶべきだということだろう。

数年前まで空軍か陸軍の基地があったという空地があり、電柱だけが残っている。引き上げていった分だけ人口が減り、七五〇人が六〇〇人、あるいは五〇〇人になったのかもしれない。

雪を被った段差に、雪を被らない数本の灌木のある所に来た。ここが河と陸地の境界なのか。その向こうは氷原。これでやっと理解できた。氷原はさきほど犬橇で走ったユーコン河。段差は岸から河面へと横切る所、Mさんが犬橇で最初に放り出された地点。改めて、ユーコン河の氷原を眺める。

今は全面凍結で、その厚さは一メートルほどに達するのだが、四月になると溶け始める。その頃には、寒気団が後退し、暖気団が大平原の上空を覆う。まず、ユーコン河の岸辺で、氷の破れる音がし、氷がどっと融けて、河は水嵩を増し、洪水のようになる。八十二年の洪水はすごかったとリチャードさんは振り返る。氷が溶けるのも束の間、九月になると、今度は河が凍り始め、十一月の終わりには再び全面凍結になる。

岸頭に小さな小屋のようなものがある。「あれはサーモンを捕る魚穫水車ですよ」と教えてくれる。この河にはサーモンが遡上してくるのだ。網で捕るのではなく、水車のような機械で巻き上げるのだという。その水車は、丸太棒や、板、それに鶏の皮や爪で作ったワイヤなどで出来ているという。水力でゆっくりと回転し、魚を掬い上げる仕組みなのだ。

サケが遡上してくる季節になると、村人は忙しくなる。先ず、やってくるのがキングサーモン。キングサーモンは低地に生えるポプラの一種であるコットンウッドの毛を餌にするので、その毛が飛び出す頃でわかるし、キングサーモンがやってくると、ユーコン河の水がミルク色になるという。

次にやってくるのが紅サーモンだのいろいろ名前の付いたサーモン。日本人の食べる白サーモンは、どうやらこの辺りでは犬の餌にされているもののよう。サーモン漁が終わり、夏になると、今度はカナダ側から、カヌーでこの河を下ってくる人がいて、ごく短い夏がキャンプで賑わうという。

リチャードさんの村の案内もそう長くはかからなかった。なにしろ、人口五〇〇人の村なのだから。この村から少しはずれればもう野生動物の住む場所。この村の中でさえ夜ともなると動物たちが顔を出すという。

短いユーコン村の滞在はこうして終わった。しかし、ここで見聞したことは実は多かった。

動物愛護協会

アンカレッジに戻ってくる。やっと人の住める地に来たようでほっとするが、この都市は何と寒々とした街であろう。日本より緯度が高く寒冷地だからだけではなく、さびれた街になったことからくる淋しさもあるのだろうか。アンカレッジといえば、かつては日本などからの欧州航路中継地で栄えていたはずだったが、ソ連が旅客機の上空通過を許可するようになり、交通の要所ではなくなった。

街の中央に、二、三本のストリートがあるが人影はまばらである。毛皮屋が何軒かあるので、そのうちの一軒、毛皮の卸屋も兼ねたような店を覗いてみる。並んでいる商品は、ニューヨークやパリやロンドンの目抜き通りにある高級毛皮店のセレブのためのものとは大違い。ここのものは毛皮そのものという感じで、ファッション性に優れた超高級品はない。地元の人にとってはオシャレのための毛皮ではなく防寒の必需品なのだから。商品の数たるや膨大で、動物が所狭ましとぶら下がっているという様子。動物の臭いが店内に満ちていて、そう長くはいられない。

毛皮の卸屋を見てみたいという気になったのは、実はフォート・ユーコンでのリチャードさんの話が頭に残っていたからである。このアンカレッジには、猟の季節が終わると、山から下りた縄猟師（トラッパー）たちが、毛皮の問屋に、獲物の毛皮を持って現れるのだ。リチャードさんもその一人。毛皮の値段は日によって変わるし、少しでも高く売りたいと足しげく店に通い、トラッパーは店の人と交渉を繰り返す。やっと商談が成立しようとする時になると、突如、動物愛護協会の人が現れる。そういう人は麻薬取引現場を押さえた警察官のように高飛車な態度に出て、足縄で獲る猟師はけしからんと声高に騒ぐのだという。そこで、両者でひと悶着起こる。卸屋の店主は動物愛護の人が店に入らぬよう注意してはいるが、どういうわけかさっと現れるのだという。トラッパーにしてみれば、毛皮を卸すのには生活がかかっていて、自給自足とはいえ、やはりスノーモービルの油代や車のガソリン代などの現金がなければ生きていけないのだ。

罠を仕掛けて猟をするトラッパーに対する動物愛護の人々の攻撃はアラスカのみでなく、世界中で風当たりが強くなりつつある。フォート・ユーコンで唯一手に入れてきた小冊子にも、それがはっきり表れた文章がある。この村にはスーパーマーケットがあるといって、リチャードさんがちょっと得意そうにそこへ連れて行ってくれたのだが、日本で言うなら、小さいよろず屋というところ。量はごく少ないが、日本でもどこのスーパーにもあるような食糧が並んでいて、リチャードさんのように自給自足の生活をする人ばかりでないのだと気が付く。たしかに犬橇の御し方を習っていた、リチャードさんの言う〝ヒッピー娘〟などは、これがないと生きていけない。文房具も少し並んでいて、その横に本が何冊か売っている。「フォート・ユーコンのことを書いたものはないか」と尋ねると、「一冊だけある。十ドルでいい」と言って渡してくれたのだがその小冊子、数十枚をただ綴じただけのもので、『北極圏境界線上での生活』と題が書かれていた。出版社の名があるわけでも定価が書いてあるわけでもないが、G・アレキサンダーという人が書いたことになっている。フェアバンク・デイリー・ニュース・マイナーなどに載った短い文章を十個ほど集めて作られたもので、その中に、「トラッパーに名誉を」と「動物の（生存の）権利誰が決める」という二つの記事があるのを、この時思い出したのだ。両方とも、かなり強い語調で、トラッパーを擁護している。

先ず、最初にこう書かれている。

——動物の権利を守る行動主義者（The animal right activist）は心得違いをしているようにみえる。かれらは、動物は植物、鉱物と同じように、人間の恩恵のためにこの地球にあるということを理解していないように思う——

私はこの文章には賛成しかねる。あまりに人間の思い上がりのようだ。しかし、著者は次のように続ける。

——彼らは、毛皮のために動物が命を落とすことを問題にしている。しかし、現実を見てみよ、野生の動物が老衰で死ぬということは殆どない。動物はそれより強い動物の餌食になる。目をつけられて、追いかけられて殺されることを想像して見よ。その苦しみや痛みも相当なものである。野生でない動物はなおさらで、どのような死に方をしているのか考えてみるとよい。トラッパーが残忍だというが四本足のトラッパーの顎や爪でやられるのと、二本足のトラッパーの足縄（leg hold trap）にかかって死ぬのとどっちがどうだと言えるだろうか。——

私は確かにそうだと思う。さらに著者はトラッパーたちを弁護し、彼らに名誉を与えられなければならないと述べている。

——トラッパーは動物を観察し、保護しようと決心している人々なのである。彼らは動物を殺すことがどういうことを意味するかを知っている。彼らの猟の仕事を行う領域はマイナス五〇度～六〇度の地にあり、もっとも近い人家より一五〇マイルも離れたところである。一匹でも多く殺せば将来どうなるかを知っているし、母親や子供を殺すほど貪欲ではない。それに彼らは、一つの種が多くなりすぎると、環境が維持できなくなることも知っている——

と書かれている。また、動物愛護の人たちが動物の環境のため何かやっているか、それに反し、動物の猟や狩をやってきた人々が環境を壊したとでも言うのだろうか。これは、現代風に環境問題と結びつけたトラッパーの弁護であろう。動物の生死を誰が決める権利を持つのか。ねずみ（rat）は殺さなければならず、ジャコウネズミ（musk rat）を毛と肉のために殺すのは人間的でない。そういうことは一体どうなのかと、動物愛護の人々への疑問も述べられている。

アラスカに来て、動物愛護や環境保護を考えるとは思わなかった。今までだったら、私は動物愛護の人々に賛成だったろうが、ここに来て、リチャードさんの生活の一端を見、トラッパーの話を聞いた後では、そうとばかりは言えなくなった。今や、動物愛護を声高にいう人に、むしろ私は声高に言いたいような心境である。

「あなた方、アンカレッジの毛皮問屋に現れないで、マイナス六〇度のトラッパーの仕事場に〈もし行けるものなら〉行って、〈足縄猟反対、動物愛護協会〉と書いた立て看板でも立てて来たら」と。これは滑稽な話ではないか。狩猟生活の未開の地に〈動物を殺すな。動物愛護協会〉の立て看板を置いてくるのと同じように。

今が二十一世紀だからといって、誰でもが文明の生活をしなければならないということはないだろう。世界中には、今も昔のままの生活様式を守っている人も、そうせざるを得ない人々もごく僅かながらいる。確かに狩や猟をするからと言って、彼らが数十年続くその地の環境破壊をしてきたか？　ノーであろう。環境破壊を言うなら、それは文明人の方である。前述の小文のように、彼らは野生動物の観察、保護を行い、環境を維持するために努めてきた方なのだ。文明人の知らないことを多く知っている彼らは、実は大切な人である。

未開の土地を知る必要に迫られると、急に国の役人などが、空から偵察して、短絡な結論を出したりする。或いは、研究者に依頼し、その地の調査を命じたりするが、そんなことより、その土地で生活している人の知識の方がよほど的を射ていて、彼らの存在は得難いものである。未開の土地のネイティブを保護しようというのも、文明人の立場からの政策にすぎない。

アラスカは、数日滞在しただけの人ひとりに、その考えを大きく変えさせるに十分すぎる力を持ってた。

研究室にて

Mさんの大学の研究室に行くと、壁は写真パネルで溢れている。前々年のニュージーランドの氷河の写真に、今回のアラスカの氷河、オーロラの写真が加わった。

これらの写真は学術写真としても通用するもので、私の撮った写真のように、同行者の人物などは入らない。もっとも氷河に人物を入れるというのは至難の技であろうが。私の場合は、自然はあくまで背景で、前景に人物なり、その時を示す何かが入らなければ、旅行写真としてはつまらない。自然だけの写真では、誰が何時撮ったかも分らないし、たまたま上手に撮れると写真家の作品かということになる。景色があまり出来すぎていて、絵葉書のような写真もある。

Mさんの方はと言えば、学術写真にもなり得るもので、間違っても同行の人物の姿などが入ってはいけない。景色のよい所で、私がそれに見入って立っているとよく「そこ、どいて、どいて!」と言われたものだ。逆に「そこに立って!」と頼まれることもあるが、それは対象物の大きさを計るスケールがいる時に限られる。

壁に貼られた、大きく引き伸ばされたオーロラの写真をつくづく眺める。黒い空にうっすらと緑色の煙が上がっているようで、実際に見たものよりずっとオーロラらしくなっている。しかし、カーテンのひだが幾重にも重なって、光の帯が振れるようには見えない。

「こんな緑色していたかしら。私には白い煙にしか見えなかったけど……」

Mさんは現像も自分でやるので、緑色になるよう操作したのではと言ったら、一蹴された。人間の眼とカメラでは、色に対する感応が違うらしい。これらの写真も授業中に学生に見せるという。地理の授業でも、自分が行ったこともない土地の話をするのは気がすすまないのだろう。色が少々、実物と変わっていても、自分で見て、自分で撮ってきた写真だから、説得力があると彼女は満足気であった。

数枚あるうちの一枚の氷河の写真に、何か黒い筋のような線があるのに気付く。白い氷の上だからはっきり見える。

「え、これは何?」

「よく見てみて。何に見える? セスナ機の影。私たちの乗っていたあのセスナ機の影よ」

「あゝ、あの貸し切ったセスナなの?」

「高いお金、払っただけのことはあるんじゃあない。自分で自分の影を写したのだから」

「他の写真には写っていないの?」

「この一枚だけ。セスナの影は一瞬にして消えたでしょう。これがレーダーに写る飛行機の機影だったら大変だ。〝機影、突如消える〟とは、墜落を意味する。しかし、この場合は、我がセスナと太陽との位置関係の変化で、影が消えただけのこと」

「あの時、憶えている? パイロット氏がさっと、酸素マスクをつけたじゃあない。ぞっとしたよね。その時、一瞬セスナ機がよろめいて、それで、太陽と機の位置関係が変わって、地上に投影されていた一筋の線が消えたというわけ」

「しかし、あの時、そんなこととはつい知らず眠気におそわれていたのは幸いね。私が気が付いていたら、パニックよね。自分の影が消える！　四次元の世界に入る」

というわけで、自らのセスナの影を氷河に写した写真が撮れたのだった。Mさんにしては不本意ながら人間くさい写真ではある。

Mさんの研究室の壁に貼られた大氷河に一条の黒い線の入ったこの写真、片や、私の研究室の机に飾られたユーコン河の犬橇で走る写真、どちらも期せずしてシャッターが押されたもので、撮ろうとしても撮れるものでなくいくつかの偶然が重なってできた、今となっては得難い私たちの作品である。

スコットランドの悲歌

スコットランドへの思い

郷里の大学の大学院を修了し上京、慶応大学の工学部に勤務することになったのはもう四十数年も前のことである。当時を回想すると、学生たちが計算機用のパンチ・カードのぶ厚い束を持ち歩いていたのが、なぜか妙に印象に残っている。今のように各自がパソコンを持っているというわけではなかったから、計算は大学の計算センターの何台かの大型コンピュータによらざるを得ない。卒論の季節ともなると、学生がそこに殺到し、順番待ちの時間が長くなる。また、日吉キャンパスのすぐ後ろを新幹線が通っているという特殊事情もあって、ある研究室では物性計測の精密な検流に列車の振動が影響する。精密測定では、深夜、新幹線の停止を待ってはじめ、早朝に運転がはじまると測定を止めて寝につくというようなこともあった。

そういうわけで、六階建ての研究棟は不夜城の観を呈していた。夜遅く帰宅する学生に「研究室の明かりが消えているのは先生の室だけですよ」といわれるのが、私としては何とも辛かった。また、帰宅する学生と登校してくる学生がキャンパス内でぶつかるということも多々ある。ある朝、何時もより早く登校したら、矢上の坂を下りてくる数人の学生に、「先生、さようなら」と挨拶されたことがあって、登校してくる人にさようならはないだろうと思ったのだが、彼らは、徹夜の計算を終えて、ようやく大学から家路につくところだったのだ。

当時は、たしかに工学部に女性は無理の感が強かった。女子学生は数えるほどだったし、女性教員は三名のみだった。

十年に及ぶ工学部勤務中、〝夜、唯一つ灯りの消えている研究室〟の私は、同僚にも迷惑のかけっぱなしであった。その後、幸いにして経済学部に移ることが出来た。各学部の主に一、二年生の数学の授業を担当し、ゼミは持たずに済んだので、時間的には余裕が出来、そのぶん議論好き、話し上手の先生方との交流がふえた。ただこの学部では会議が長くなるのには閉口した。工学部での学部会議では、議事に関する書類が配られ、多くの場合、「異議なし」で一件落着であって、全部でも一時間とはかからず終わった。ところが今度の学部の会では「異議なし」は稀で、「異議あり」の連発であったから、そう簡単には終わらない。

さすが議論好きの先生方、おおむね議論は理路整然と進むのだが、ごくまれには、〝事実誤認〟〝屁理屈〟〝ごり押し〟〝泣き落とし〟というのが加わることがある。こうなると、今まで沈黙を保っていると思われていた実は眠っていた人が急に眼をさまし勢いづく。議論は逆戻りしたりで迷走し、更に活況を呈することになる。ただ黙って聞いている分には、いささか不遜ながら、漫才を聞いているような気分にもなる。

三時から始まるこの教授会、正面に立派な福沢諭吉先生の肖像画のかかる会議室の西側の窓を赤く染めた夕陽がすでに傾き、三田界隈の街の灯がともる頃になってもまだ延々と続いている。そんなことも今は懐かしく思い出される。

新しく変わった学部では、先生方と話をする機会がふえたとはさきにも書いたが、さらに嬉しいことには、先生方の多くは専門分野以外に一つや二つ造詣の深い領域を持っておられた。ギリシャ語やラテン語に堪能な人、ピアノやフルートの玄人並みの人、書道の大家、現代詩の作者、はたまたワインや競馬の評論家などと、実に多種多様であった。こういう諸先生の話が聞けるのが、昼休みや講義の後の愉しみであった。

ある先生は、スコットランドの歴史に詳しいと言おうか、スコットランドに人並み外れの情熱を持っておられた。多分イギリスの話をしていた時だったと思うが、話がスコットランド女王メアリー・スチュアートのことに及んだ。私が「メアリー・スチュアートなら、一冊読んだことがあります」というと、「それは誰の書いたメアリー・スチュアートですか」との質問。著者は覚えていなかったが、内容はこういう本でしたとうろ覚えに答えると、「いいえ、メアリー・スチュアートなら、この本でなければダメです」と言って、他日、その本を貸して下さった。何でこの本でなければならないのか理解しづらかったが、困ったのは、その本の表示紙の次のページに、メアリー・スチュアートの処刑の図がのっていたのだ。本を開くたびに、この絵が目に入りいたたまれなくなる。仕方なく、そのページを見なくてすむよう、表紙とそのページをピンでとめて読んだものだ。読み進むうちに、なぜこの本でなければならないのかの理由は幾分分かった。この本に限らず、多くのスコットランドの歴史がイングランドの立場、それも偽政者の立場から書かれている。スコットランドの歴史はスコットランドの立場、それも民草の立場から書かれたものでなければならないということだろうと解した。

それを機会に、スコットランド史、特にイングランドとの戦いの歴史の書を沢山読むことになり、ちょっとしたスコットランド通だと自分では思うようになった。

スコットランドとイングランドの最後の戦い、イギリスの歴史書では、〝ジャコバイトの反乱〟といわれる戦いで、捕虜となり処刑されたジャコバイトの兵士が恋人に残した歌「ロッホ・ローモンドの歌」も話題になった。日本では「なつかしのロッホ・ローモンド」とい

われるこの歌、原作の歌詞には、実は、

——君は上の道を行け

私は下の道を行く——

という言葉があるともおそわった。

スコットランドの歌を集めた英語の本には、ロッホ・ローモンドと名の付く歌は三種あって、直訳すれば「ロッホ・ローモンドの美しい川辺」、「ロッホ・ローモンドの岸辺」と「ロッホ・ローモンド」である。最初の詩には〝上の道、下の道〟の言葉があり、私の行く手は苔むした墓地に用意されているという個所もあり、ジャコバイトの兵士の歌であるとの解説もある。

「ロッホ・ローモンド」の歌詞は古いスコットランドの言葉、スコテッシュ・ゲーリックで書かれていて訳しづらいが、日本訳にすれば、

——おゝ、君は上、僕は下の道を行く

スコットランド目指し

でも二人の心離れぬ

きれいな岸辺よロッホ・ローモンド

美しい谷で別れ、険しい山ベンローモンド

紫に黄昏て行く
夕暮れ月昇る頃――

となる。こうなれば、美しい谷、険しい山、紫のヒースの野と、スコットランドの情景が目に浮かぶ。

〝ユー ウィル テーク ザ ハイロード
アイ ウィル テーク ザ ローロード〟

私はこの二行が気に入って、よくキャンパスの中で歩きながら歌ったものだった。発音を英語のネイティブの先生に直してもらったりもした。

またイングランドとスコットランドの別の戦いをテーマにした「スコットランドの花」という歌も知った。この歌はスコットランド国歌として歌われる。スコットランドは国家ではなく、イギリスの一部なのだから、国歌、国旗というなら、「ゴッド・セーブ・ザ・クイーン」であり、「ユニオン・ジャック」であるはずだが、それではスコットランドの人はおさまらない。サッカーの国際試合で、スコットランドチームが戦う時、また、エジンバラの夏の一大イベント、ミリタリー・タトゥーでも歌われる。この歌は、

――おゝ、スコットランドの花よ――

で始まる。スコットランドの花とは、シスル（白アザミ）で、かつてのスコットランド王家

の花。この花はまた故事により救国の花ともいわれる。それは昔、北欧から侵入してきたヴァイキングの兵が、このアザミを踏んで足を刺し、その痛みに大声を出したため、敵が夜陰に乗じて奇襲をかける試みに失敗し、国が守られたという話である。ちなみに、イギリス王家の花は赤バラ。

さて歌詞は日本語に訳せば

——その花を再び見るのは、我々が戦って死ぬ時——

と続く。戦った敵のイングランド王エドワードを自分の国に帰るよう考え直させた、スコットランドの英雄ウィリアム・ウォーレスを讃えている。エドワード王は「スコットランドに鉄槌を振り下ろした男」と言われる。スターリング・ブリッジの戦い（一二九七年）では、このウィリアム・ウォーレスと戦い、バノックバーンの戦い（一三一四年）では、これまたスコットランドの英雄ロバート・ザ・ブルースと戦い、敗戦の将となり、からくも逃げ延びている。そして、その子に「自分が死んだら、自分の骨を入れた革袋を先頭に掲げ、スコットランドに進軍せよ」と言い残して息を引き取ったという人物である。さらに、歌詞は、その戦いの日は過去のものとなったが、いつの日か、我々は再起して、誇り高きエドワード軍を撃退した彼（ウォーレス）の前に立つ、となっている。そして、我々が戦って死ぬとき、スコットランドの花シスルを見るだろうと続くから、前述の歌詞の最初の部分の意味が解るというもの。

過去のこととはいえ、民衆を率いて、イングランド軍を撃退したスコットランドの英雄を讃えるこの歌を、今イギリス国内で堂々と歌うのはなかなか勇気あることではないか。スコットランドには、エリザベス女王が夏だけ滞在される宮殿がいくつかあり、そこでは女王陛下がおいでになると、ユニオン・ジャックが掲げられる。敬意を表しあるいは歓迎の意味で、この「フラワー・オブ・スコットランド」が演奏されることはないのか。もしそうなれば、歓迎が撃退にもなりかねないのでは。

今もイングランドとスコットランドは、スコットランド独立運動にみられるようにしっくりいかないということを漠然と感じたのは、初めてロンドンに滞在した時であった。チェルシーに住んでいたので、毎日よくセントジェームズ公園を散歩し、その折、バッキンガム宮殿の前も通った。ある日、そのバッキンガム宮殿前が青一色になった。もうすこし詳しく言えば、宮殿からトラファルガル広場へマルと呼ばれる広い道があるのだが、そのマルに沿った場所が、青地に白抜きの斜め十字の旗をつけた車で埋まったのだ。ただそれだけの事なのだが、何か異常な風景に私には映った。あとで分かったのだが、その日は、スコットランドのある団体が何かの理由で、バッキンガム宮殿に招待されたのだった。青地に白の斜め十字がスコットランドの旗とは知らなかったものだから、白い斜め十字がバツ印に見えたりして、何かのデモ隊がバッキンガム宮殿に押し寄せてきたのかと思ったのだった。とにかく普段とは違う異様な雰囲気で、スコットランドはイギリスの一つの勢力で同化していないと感じる出来事だった。

メアリー・スチュアート

それから何年かたち、大学から一年間の研究休暇（サバティカル）をもらい、ロンドンに滞在することになった。かつてのスコットランド熱が甦って、スコットランドには何度も行った。

エジンバラのホルリード・パレスでは、早くも、かのメアリー・スチュアートと対面を果たすことになる。対面と言っても、もちろん彼女の肖像画にである。このパレスの一室の壁には、スコットランド王室のゆかりの人物の肖像画が並んでいる。イギリス王室も、今では夏の宮殿としてこのパレスを使っているからか、こちらの人物の肖像画もある。まだ若いころの下ぶくれの特徴のあるビクトリア女王の肖像画、これも一目でわかる今の女王エリザベス二世の肖像画など。

そんな中に、ひときわ美しく目を引くのがスコットランド女王メアリーの大きな肖像画で、白い陶器のような肌が、胸の大きく開いた深紅の服に映える美貌の女王。メアリーがフランスからスコットランドに戻ってきた直後のものとの説明があるから、十八歳のころのものでまさに芳紀十八歳というところ。

普通に広く見られるメアリーの写真と言えば色香の失せた彼女の晩年のもの二、三枚である。グレーの帽子に、レースの襟で首の詰まったグレーの服を着た無表情そのものと言った写真である。晩年のものとはいっても幽閉される前なら、三十歳にもなっていなかったのだろうか。初めてみる美しいメアリーの肖像画にしばし見とれていたものだった。

ふと、この肖像画から目を離すと、室の中央にガラス張りの陳列ケースがあるのに気が付く。その中には、刺繍の施された一つの古い布製のクッションが置かれている。クッションにはネコと小さなネズミが一匹ずつ刺繍されている。ガイドさんに聞けば、この刺繍は、メアリーがイングランド幽閉中に作ったもので、ネコは大きくネズミは小さく刺繍されている。ネコはエリザベス一世で、その前に小さく縮こまっているネズミが、エリザベス一世に命乞いするメアリー自身なのだという。スコットランド人のガイド氏なのだろう、イングランド女王にスコットランド女王が頭を下げる、この無念さはスコットランド人なら誰でもわかるだろうと涙を流さんばかりの説明であった。

私は、かつて読んだ「メアリー・スチュアート」の内容が所々思い出され、刺繍と壁の肖像画を交互に繰り返し眺めながら、しばらくこの刺繍の前を離れることが出来なかった。そして、とんでもない空想事が頭に浮かんだ。そのとんでもない空想事とは、次のようなことである。

私はその頃暗号解読の数学の本を読みふけり、どっぷりとそれに浸かっていた。その上、ロンドンの大英博物館で、ロゼッタ・ストーンを見ていたこともあり、ヒエログリフ象形文字やら、エニグマ暗号機やら、その後のコンピュータによる暗号、原理的に解読不可能なつまり非可逆的暗号や、公開鍵暗号といわれるものなどが頭の隅に残っていたとみえる。

目前の刺繍を介して、これらの暗号と、メアリーが命を落とすことになる手紙の暗号とが結びついた。この刺繍の中には、暗号が隠されている——そう直感したのだった。

当のメアリー・スチュアートは、長い幽閉の後、バビントン陰謀事件といわれる、エリザベス一世暗殺事件に関与し、反逆罪に問われ処刑されたのだが、この事件では、暗号で書かれた手紙が重要な役割を果たしている。有罪の決め手となったのは、単純なアルファベット換字式暗号ではなく、当時としてはかなり手の込んだ暗号であった。しかし、諜報活動をする情報局に解読されるのにそう時間はかからなかった。バビントンのメアリー宛ての一通と、情報局が出した暗号の手紙にはめられ、メアリーが暗号で返事を書いたもう一通の手紙とが動かぬ証拠となった。

どうやって、メアリーが暗号を学んだか、それは、メアリー擁護派の人やバビントンらと、看守の目を盗んで、あるいは看守を手なづけて、手紙のやりとりを盛んにしていたというから、悧巧なメアリーにとっては、そう難しいことではなかったろう。

また十九年にも及ぶ幽閉生活の中で、孤独なメアリーに出来ることは刺繍をすることだったのではなかろうか。フランスで過ごした幸せな少女時代、オーストリア・ハプスブルグ王家の貴族たちの愛したゴブラン刺繍を母親と楽しんでいたのだ。マリー・アントワネットも「プチポアン」と呼ばれるゴブラン刺繍を趣味としていた。優美な刺繍は豪華な宮廷文化の華でもあった。

死を予感したメアリーは、一つのクッションの刺繍に暗号を用いて、何か重要な秘密を綴ったのではないかというのが、私の推測である。刺繍のネズミの部分が暗号の鍵で、ネコの部分が本文であろう。では、本文に何を綴ったのであろう。

私の勝手な想像を敢えて言えば、メアリーの本文には我が子ジェームズ出生の秘密が記されているのではと。かつてメアリーは一児、ジェームズを生んだのだが、夫殺しの容疑もあり、貴族の陰謀もはなはだしい当時であった。我が子ジェームズの命を狙う陰謀を感知したメアリーは、エジンバラ城で生んだジェームズを逃すべく、赤子を籠に入れて紐で吊るし、崖下に待機するある人物に渡している。実はその時、こともあろうに、ジェームズは、エジンバラ城の地下で働く下僕の子とすり替えられたという噂があり、そのミステリアスな噂は本にも書かれ堂々と語られている。ちなみに、その（すり替えられた）ジェームズは後にスコットランド王ジェームズ六世となり、子のなかったエリザベス一世の死後、イングランド王ジェームズ一世となるという数奇な運命を辿ることになる。その子がかのチャールズ一世で、それから今のエリザベス二世へと続く。

もし、すり替えられたのが本当なら、その秘密が知られては困るのは誰であるかはすぐわかる。そういうわけで、メアリーの小さなネズミと大きなネコを描きだした手の込んだ刺繍のされたクッションは、粗末なガラスケースに入れられ、唯の刺繍だという事にして、放置されているのではないか。一度は自分を庇護するそぶりを示すも、自分を幽閉、処刑した従兄妹のエリザベス一世への痛烈な一撃にもなりうるメアリーの刺繍であるというのが、私の想像をたくましくした思いである。

そんな妄想に取りつかれながら、ホルリード・パレスを辞し、ロイヤル・マイルを通りエジンバラ城までくる。街の真ん中にありながら、氷河期に出来たと言われる岩山に要塞を築いたことに始まるこの城、今日はことさらなんとも不気味に見える。妄想を払拭するには明るい所が良いと、街の喧騒の中に出る。街はエジンバラ音楽祭で賑わっている。駅前の旅行案内所で、何か参加できそうなイベントはないかと調べる。運よく、ちょうど明日、ロッホ・ローモンドに行くというバス・ツアーがあることがわかり、同行の夫と娘とともに早速申し込んでホテルに戻る。

ロッホ・ローモンド

長年の念願かなってのロッホ・ローモンド行きとなった。そのバス・ツアーはスターリング、トロサック地方を経て、かの湖ロッホ・ローモンドへ向かうというものだ。バスの乗客は二〇名ほどで、ドイツ、デンマーク、ポルトガル、スイスからの観光客と私たち日本人という多国籍なグループで、小さなマイクロバスに補助席まで使って押し込まれて出発した。スコットランド人のドライバー兼ガイド氏の何を言っているのかわからないスコティッシュ英語には閉口もし、揺れるにまかせるバスで眠気にも襲われた。

目が覚めると、バスはどうやらトロサック地方と言われる所を走っているようだ。トロサックとはゲール語で〝二つの地方の交差する谷〟という意味だそうで、つまりハイランドとローランドの間の湖の点在するあたりにやってきたのだった。スコットランドの文豪サー・ウォルター・スコットの物語詩「湖上の麗人」が書かれた所だという。

この地方特有のスコティッシュ・ミストと呼ばれる霧や吹きつける小雨などは、真夏の晴天の真っ盛りには見ることが無理だろう。ロッホ・ローモンドに近づくにつれて、そのイメージを崩されるのではないかと心配になってきた。というのも、私の持ってる観光案内には、この湖はアウト・ドア・レジャーを楽しむ所と書かれている。ヨットが浮かんでいたり、モーターボートの走るレジャーランドと化したロッホ・ローモンドなら見たくもない。私の中で出来上がっている心象風景は、あの〝君は上の道を行け、我は下の道を行く〟とジャコバイト兵が悲壮な思いを歌ったそれでなければならなかった。

そんな心配とは裏腹に鼻歌交じりのドライバー氏はバスを飛ばしに飛ばし、ロッホ・ローモンドの見え隠れする道に出た。さらに飛ばし、陽の入らぬ森深く分け入ったところでバスを停めた。かたわらに、ひっそり佇んでいる湖が見え、幸い人影もない。

ガイド氏が「今から一時間程、山に登り、湖の全景が眺められるところに行く。少し歩くことになるから、足に自信のない人はここで休んでいて欲しい」という。そう聞いて、年を取ったご婦人二名がとどまることになった。ところがなんと一番若いはずの娘が迷っているではないか。そしてやっと決心したように一番後ろからついてくることになる。日本人の若者のなんとひ弱なことよと私は嘆かわしくなった。とはいえ、外国人の足はコンパスが長いのか、彼らの速さにはかなわない。道悪も加わって一行は長い列になる。しんがりは勿論私たち日本人で迷子にならないかと気にもなる。「これがスコティッシュ・ブリッジというやつですなあ――」と厄介なものに何でもスコティッシュをつけて話している声が聞こえてほっとするようなこともあった。これは山で名前がわからないものには、〝ミヤマツツジ〟〝ミヤマキリシマ〟とかミヤマをつけて呼べばよいのに似ているが、なにしろスコティシュはぶっそうな物ばかりなのである。

進むにつれてスピードはますますあがり、先頭を行くスコットランドのガイド氏は、木が倒れていようと、道が消えようが、蔦が足に絡み付こうが、いっこうに、お構いなしに登っているのだろう。彼こそはウォーレスやブルースと共に勇敢に戦ったハイランド人の末裔に違いないと恨めしく思う。

山深く分け入っても、たまに湖が顔を出しその水辺を通ることになる。森の木々が水辺を覆い、湖面は僅かに見える程度だが、その水の澄んでいること、小石が光って見える。湖というより海の浜辺のようで、海岸を水が洗うように、水辺には小さなさざ波さえも立っている。

立ち止まり、そのさざ波の岸を打つ音にじっと耳を傾ける。その音はしんみりと心に響きなにか人の泣く声のように聞こえる。イングランドとの戦いに敗れ、追われたハイランドの兵の無念の嘆きの声か。そして、それは、平家落人の里、椎葉村の人里離れた谷川に息をひそめて生息するという平家蟹の呟きもかくやありなんと思わせるのだった。
ところが、あとから追いついてきた娘が「このあたりなんだか人が泣いているような気がするけど、湖の水の音なのかしら」というではないか。そういう娘は「ロッホ・ローモンドの歌」もジャコバイトの話も知らず、この地に何の思い入れもないのである。それがこの一致、不思議な思いにとらわれながら二人でしばしこの水の音に聞き入ったものだった。
一行にはぐれてはと、再び私は足ののろい娘を残し先を急ぐ。一人になると、またあの「ロッホ・ローモンドの歌」のことが思われる。

——水青き湖のほとり　風も清きロッホ・ローモンドよ　君は上の道を行け　僕は下の道をゆく　二人は分かれても　いつかスコットランドの土に帰らん——

このあたりこそ、この歌に詠まれたジャコバイトの兵士と恋人の悲痛な別れの舞台となった地に違いない。その思いにとらわれると、これまた不思議、なんとついぞ詩心など持ちあわせていないこの私に、詩らしきものが思い浮かんだのだった。

伏屍の荒野に　素琴残り
捕虜の民兵　月下に弾ず
我が径は昏々として　冥界に到り

君が途は燦々として　雲端に入る
幼時の峻谷　草叢の戯《たわむ》れ
芳歳の澄湖　花圃《かほ》の歓
幽明隔つと雖《いえど》も　情念は一なり
先に還る故土　死何ぞ難《かた》からん

と。後に七言律詩とした詩の原型である。

登りつめたのは、森を抜け出て湖を一望できる湖のくびれ目に位置する所。見渡せば、北には細長い湖が広がり、南には幅の広い湖が森に隠れながら横たわっている。まさに森のなかに静かに眠るロッホ・ローモンドの全景であった。この雄大さ、この静寂。

ところが、この森の静けさは突如として破られることになった。なんたる事！　遠くの北の空にかすかに聞こえていたブーンという音がだんだん大きくなってくるではないか。よく見れば、二つの黒い点が丁度湖の端の上空にあり、それが私たちのいるこの地点目がけて近づいてくる。黒い二つの点はやがて二機の飛行機だということがわかる。

「何もこんな所で、遊覧飛行機を飛ばすこともないだろうに」

という声が聞かれた。という間もなく灰色の機体は私たちの頭上をあっという間に越え、爆音を残して南の湖上へ消え去った。

「遊覧飛行機ではないね。あの灰色、あの形は」

と皆は立ち上がり、騒音の行方を追った。ガイド氏は、

「あれは軍の演習機です。軍はこのあたりを演習地にしていて、時々二機連隊で飛んできます」

「こんな所でやらなくてもね……」

と皆のブーイングが聞こえるようだった。

また誰かが、「たしかスイスの山の中でも軍の訓練機が演習しています。いつかケーブルカーの線をひっかけるという事故を起こしましたね。たしかあれはドイツ軍ではなかったでしょうか」

と言った。

すると、この飛行機までビデオ・カメラに収めることが出来たとご機嫌のドイツ人が、

「いえ、あれはドイツ軍ではなく、イタリア軍ではなかったでしょうか」とやんわり訂正した。

かくて、私の思い入れたっぷりのロッホ・ローモンドは軍隊の演習機の騒音であっけなく消されて終わったが、三十年来の思いを果たした旅になった。

実は私たちの登ったこのロッホ・ローモンドの全景を眺められた地点の名前が今もわからないでいる。ガイド氏は何度もこの地の名前を言っただろうに、私が聞き取れなかったにちがいない。聞き取れなかったというのなら、きっと〝R〟や〝L〟のつく単語、あるいはごく短い単語だったのだろう。地図を見て、バスの走った道、湖の形から想像するのだが、どうやらあの地点はロスという場所だったのではなかろうか。確かめるすべもない。

幻の地点ロスと同様に、今も私のロッホ・ローモンドは依然として幻の中にある。

アルメニア、再び

十八年の歳月

アルメニアの科学アカデミー研究所のA教授から手紙をもらったのは二〇〇三年春のことであった。

秋に首都エレバンで「ライフサイエンス及び教育」というユネスコ援助による学会を開くことになり、ついてはあなたがた夫妻も招待するから是非来るように、というものであった。

「ナイーラにまた会える」

そう思わなかったら、アメリカの同時多発テロ「9・11」以降の物騒な時期に、とても遠いアルメニアまで出かけていく気には到底ならなかっただろう。

ナイーラ・A、十八年前、エレバンの研究所で研究生活に就いていた夫を訪ねて行った時、親しくなったA教授夫人である。高等学校の数学、物理の教師で、当時は副校長も兼ねていた。黒い髪はアルメニア人特有のものであるが、イラン人の血でも入ったかと思わせる彫りの深い容貌なのは、アゼルバイジャンのバクー生まれということに関係があるのかもしれない。

日本では殆ど知られていないアルメニアは、カスピ海と黒海に挟まれたコーカサスといわれる海抜一五〇〇から二〇〇〇メートルの山岳地帯で、北にグルジア（ジョージア）、西にトルコ、東にアゼルバイジャン、南にイランと国境を接する。イラクとは国境は接していないが地形的には近く、古代史に出てくる四大文明のひとつメソポタミアのすぐ北で、チグリス河が流れ、旧約聖書によりノアの方舟が辿り着いたとされるアララト山の麓である。

一九八四年に初めて訪れた時のアルメニアは、ソ連の共和国の一つであった。正直のところ、その時の印象はとても悪く、もう二度と行くまいと思ったほどだった。モスクワ経由でエレバンに向かったのだが、モスクワのシェレメーチェヴォ国際空港の印象の悪さは、誰もが口にする通り、それから先はさらに悪かった。コーカサス方面への出発便の出るドモジェドヴォ空港にモスクワを横切って移り、真夜中の飛行機で三時間半南下、コーカサスの山々を越えてエレバンに着くことになっていた。

ドモジェドヴォ空港は軍の飛行場を兼ねているのか、旅客用のものとは思われない。英語のサインさえない。運よく英語を話す親切などこの国か分からない学生が助けてくれなかったら、とてもエレバンにはたどり着けなかったと思う程、この乗り換えは困難を極めた。

やっと乗り込んだ飛行機は軍用機の払い下げなのか、とてもボロで、天井から荷物が飛び出したり、ハエが飛んだりしていた。何より不気味だったのは、乗客が皆、同じ顔をしたアルメニア人のようで、外国人の客は私一人のようだった。やっとエレバン行の飛行機に乗れたという安堵からか、あるいは今までの徒労に加え緊張が一度にとけたのか、すぐ眠ってしまったようで、飛行機の中の三時間半のことは何も覚えていない。ただ、妙なことが頭に浮かんだことだけが、後々まで思い出された。

その頭に浮かんだ妙な事とは、もしも、この飛行機がコーカサスの山中にでも墜落し、死ぬことがあったら、私の遺骨だけは、日本に届けてほしいという事だった。白骨になっても、こんな異国の山中、知る人もいないところで埋もれているのはあまりに哀れだとの思いであった。それにつれても、第二次大戦で南方に散った戦没者の方々の遺骨収集が今なお行われているという事が理解できるという気がした。

朝の四時ごろ、エレバンに到着、A教授らしき人と夫の姿を見た時は心底ほっとした。私の頭髪の中に、生まれて初めて、異様に光る一本の白髪を見つけたのは、このすぐ後のことだった。

さて、今回のアルメニア行きであるが、十八年前の悪い印象が幾分かは薄らいだとはいえ、時期が悪かった。「9・11」ニューヨークのテロ以来、いつアメリカがイラクを攻撃するか、十一月がその時期ではないかとの憶測もあった。私の大学でも、これに鑑み、よほどの事でない限り、海外渡航を自粛するようにとのお達しが出ていた。

もう一つ、アルメニアの隣国グルジアに隣接するチェチェン共和国の武装勢力がロシア軍との長い紛争で、グルジア領内の山岳地帯に逃れて、潜伏しているというニュースが新聞紙上にもあり、この辺りは、いつ何時、何事が起こるかわからないという地域になっていた。

そういうわけで、学会出席の準備、心積りはしていたが、行くか行かないかはその時次第という事にしていた。夏になり、そろそろビザを取らなければと動き出したのだが、前回の時と違って、アルメニアは一九九一年にソ連崩壊に伴い独立国になっていた。だから日本の元のソ連大使館で取れるはずもないし、アメリカにあるアルメニア大使館か、エレバンの空港で取れるということになっている。エレバンの空港に着いてから、もたもたするのも不安だから、結局、アメリカのアルメニア大使館に書類で申し込んだ。

首都、エレバンへの行き方は、かつてのひどい目にあったモスクワ経由だけはどうしても避けたいという事で、ウィーン経由にした。このウィーン経由は、距離的には、モスクワ、ウィーン、エレバンのなす三角形の二辺を通るわけで遠回りだったけれど、その分嫌な気分を味わなくてすむだろう。さらに帰りには、数日ウィーンに滞在して〝気分直し〟をしてこようという心づもりであった。

ところが、やはりアルメニアの帰りに寄ったウィーンではハプニングが起きた。その日、劇場でオペラを鑑賞し、戻ったホテルでテレビのスイッチを入れたら、〝モスクワの劇場でチェチェンのテロ〟というニュースが飛び込んできた。チェチェンの武力勢力がモスクワの劇場を占拠したのだった。もし、モスクワ経由での帰国だったら、まさか、その時の劇場に居合わすなどということはなかったにしても、何かの危険に遭遇していたかもしれなかった。

エレバンの飛行場

十月のある日、ウィーン経由でアルメニアの首都エレバンへ向かった。エレバン行のオーストリア航空の便は、週に何回しかなく、しかも着くのは朝の五時と不便である。エレバン空港は国際空港とは名ばかりで、照明なども薄暗い。預けた荷物も何処から出てくるのかもわからない。しかし、待たされることは何処でもあることだからと、辛抱強く待つ間に、周囲の様子をしかと観察できた。暗いのに慣れてきてよく見ると、ここは、日本でいうなら、田舎の停車場というところ。客はごく少ないのだが、荷物を運んでチップを取ろうというのだろうか、そういう人たちが大勢たむろしている。乗客用のカートも数台あるのだが、それもその人たちに抑えられている。

やっと荷物が出てきて、自分で荷物を抱えて、ゲートを出る。迎えに来てくれることになっていたのだが、ゲートの中に待ち合わせるような場所はなく外に出てしまって、これでよかったのかと心配になる。外は明かりがなかったが、まだ怖くなるほど多くの人がたむろしていて、少し離れたところに止まっているタクシーに乗らないかとしつこく言ってくる。迎えに来るといった人を何処でどう待てばよいのか。そのうちに、私たちと同じように人待ち顔の行き場のない乗客が何人かいるのに気が付く。尋ねると、同じ学会の出席者だった。アメリカ人二人、スロバキア人一人、それにドイツ滞在の日本人一人。

心強くなり、固まって、迎えの来るのを待つ。時間が経っていく。そのうちにホテルは確かコングレスホテルというところだったから、自分たちでそこに行こうという人が出てくる。スロバキアの人が、ロシア語が出来て、タクシー運転手に交渉する。ホテルまで一台三〇ドルということになり、二台に分乗することになる。ドイツ滞在の日本人と私たちが一台に乗ったのだが、そこで一悶着。私たちの荷物をタクシーの荷台に運んでくれた人がいた。全部積み込んだことを確認した後、その人が手を出したので、私はうっかり三〇ドル渡した。当然その人がドライバーで、前金なのかと思ったのだがそうではなく、その人は逃げていった。

私はあっけにとられたが無事にホテルに行けるのなら三〇ドルくらい余計にとられても仕方ないと思った。ところがドイツ滞在の日本人は、車を降りて追いかけて行き、三十ドル取り返してきた。私たちにはできないことで、外国にいると、こういう不正に対して強くなるのかと、夫と私は妙に感心したものだった。

タクシーはほんの十分ほどで着いた。後で分かったが、この距離で三十ドルはめっぽう高いという事だった。幸いコングレスホテルは立派なホテルで、かつてこんな立派な建物はなかった。チェックインには戸惑ったが、私たち全員の名前が入っていることがわかり安心して待っていられた。

と、その時、ホテルの入口から、

「ヨシコ!」

と、はっきりした女性の声が、私の名前を呼んだ。こんなところで、私の名が呼ばれるなんて……。一瞬ナイーラかと、驚いて振り向くと同時に、若い女性に抱きつかれた。

「オー、ヨシコ、私がナイーラの娘のガヤーネです。母は貴女の来るのをとても楽しみに待っていました」

「あゝ、あなたがナイーラの娘さん、十八年前、あなたは祖母の家にいて、お会いしませんでしたが、たしか小学生でしたね」

そういうガヤーネはナイーラに少しも似ていなかった。長い黒髪をカリーヘアにし、薄いコートを羽織ってはいたが、中はタンクトップにジーンズのへそだしスタイル。ソ連共和国時代には考えられないいでたち。アルメニアも変わったんだ、これがガヤーネに会った時の第一印象だった。そして、ガヤーネは他の人たちに、

「すみません。エアポートに迎えに行くよう頼まれていたのですが、寝坊してしまって……」

と謝った。外国人を迎えるのに、こんなに遅れるとは、なんとまた勇敢なことかと、先が思いやられた。

再会

その日の夕方には、ナイーラと十八年ぶりの再会を果たした。ナイーラの家、つまりA教授の家の夕食会に招ばれたのだった。

家は以前と同じ古い六階建ての大きなアパートで、ガタガタと音を立てるエレベーターに乗ると同時に記憶が蘇ってきた。旧ソ連時代に国から与えられたという建物である。室に入ると、あまり広くない客間のテーブルには、シャリック、薄いチャパティーのようなパンな

どアルメニア料理がすでに並んでいた。

十八年といえば、生まれた赤ん坊が大学生になる年月である。しかし、ナイーラは少しも変っていなかった。ただ老眼鏡をかけるようにはなってはいたが、それはこちらとて同じだった。十八年前、エレバン空港で、「今度はどこか外国で会いましょう」と言って別れたのだった。日本とアルメニアは遠い。私がもう一度この国に来ることはないだろうし、モスクワにさえ行ったことがなく、もちろん、国外に出たこともないナイーラが日本にまで来ることは不可能に近い。だから、ナイーラが何かの学会などにことづけて出国する時が、二人が会うチャンスだ。たとえば、二人が共に関心を持つ国際数学教育学会（ＩＣＭ）ではどうだろうと。

しかし、〝去る者は日々に疎し〟のたとえ通り、何回かクリスマスカードを交換しただけで、手紙のやり取りすることもなく月日は過ぎていった。今のようにＥメールもなかったし……。連絡は途絶えたとはいえ、忘れるはずもなく、数年後にブタペストで開かれた〝ＩＣＭ９〟に参加した私は、もしやナイーラも参加しているのではないかと、出席者の国別名簿を本気で調べてみたりもした。

また、べつの折、トルコを旅行したのだが、その時は、アララト山の方向に向かって、

「ナイーラ、元気ですか。私、今、近くまで来ていますよ」

と、叫んでみたりした。というのも、かってアルメニア滞在中トルコの国境までナイーラと行ったのだが、ちょうど、オリンピックの年で、ラジオの実況放送はトルコの方角にアンテナを向けたほうがよく、そうしているとナイーラが言ったのを覚えていたから。もしや私の声も届くのではないかと思ってのことであった。

その十八年間にはA教授の家族の動向について幾分かは、アルメニアの研究所に行って帰国した日本人から伝わってはいた。それによると、息子のハイクは大学を終えるとアメリカに渡り、ハリウッドでレストランを開いたというのだった。前回のナイーラの家での夕食会のため、アパートの共同バーベキュー用の台所で、串に刺した羊の肉を焼いてくれたのがこのハイクだった。そのシシカバブはとても美味しかったから、ハリウッドのレストランは大繁盛するに違いない。アルメニア人特有の商才によるのか、レストランは二軒、三軒とふえ、ナイーラがなんと副校長の職を投げ打って手伝いにアメリカに行ったということだった。

また別のところからは、アメリカで成功した息子が、故郷の父親A教授に、キャデラックをプレゼントしたという話も伝わってきていた。あの石ころだらけの道に砂煙を巻き上げて走るのにキャデラックはないだろうとも思ったのだが。

今度、再会し、これらの話を確かめた。大抵の話は大筋では合っていた。ハイクがアメリカで成功し、今でもアメリカにいるというのは本当だった。けれど、ハリウッドでレストランではなく、ロスでトラベル・エージェントを経営しているのだった。ナイーラが学校を止めてアメリカに渡ったのも本当だが、一年でエレバンに戻ってきたとのこと。

父親に車をプレゼントしたと言うのも本当だったが、車種が違っていた。キャデラックではなくアルファロメオだった。A教授はイタリアまで行き、赤いアルファロメオを購入、二週間掛かってエレバンまで運んできたという。

そして、あの時、カラバに夏休みで行っていて会わなかった娘のガヤーネが、今や二人の娘の母親になっている。ガヤーネは大学を特別優秀な成績で卒業するとすぐ、父親の研究所に入り、今回の学会でも外国人の世話を一手に引き受けているのだった。

食事が終わると、前の時と同じに、狭いその室で、アルメニア・ダンスが始まった。あの時は、ナイーラも私も踊ったが、今回は、ナイーラの二人の孫娘が主役であった。

エレバンの街

アルメニアはこの十八年で大きく変わったはずだ。ソ連の崩壊により、他の十四の共和国と同様、一つの独立国としての道を歩み始めたのだから。

一九八四年にアルメニアを訪れたときは、旧ソ連時代末期の経済停滞のなかにあった。時のソ連書記長はチェルネンコで、短かったアンドロポフ書記長のあとを引き受けての就任だったが、彼もまた短命だった。その翌年から共産党の中で急激に頭角を現したのが、ゴルバチョフで、彼は経済を自由化し、民主化された共産党になれば、国民の支持が得られ、政権も維持できると考えた。そこで、ペレストロイカ（立て直し）、グラスノチス（情報公開）、冷戦の終結、の三つの目標を掲げた。

ところが、一九九一年、保守派の政府高官によるあのクーデターが起きたのだ。そこで、ロシア共和国の大統領だったエリツィンの登場となる。そのクーデターの時、エリツィンはロシアの建物の前で、戦車の上に上がり、「クーデター反対」を呼びかけたのだ。その姿はテレビ、新聞紙上で報告され、私もはっきり記憶している。その演説に人々は反応し、クーデターは失敗に終わり、これを機にゴルバチョフとエリツィンの力関係は逆転する。その機を逃さず、エリツィンはソ連の国家財産をロシア共和国の所有とし、「ソ連解体」を宣言したのだ。ソビエット社会主義共和国連盟は正式に消滅、十五の国が生まれたわけだ。

その後、ロシアはエリツィンのもと、資本主義の道を進むが、病気がちなエリツィンは二〇〇〇年プーチンに大統領を譲る。

以上が、おおざっぱにみたアルメニアが共和国であった時代のソ連の様子である。

アルメニア共和国自身は、そんな中にあって、世界のニュースとなるようなことはなかった。大ニュースにならないとはいえ、一度訪れた国のことは新聞の隅に小さく載った記事でも見逃すはずもない。

何時だったか、ゴルバチョフがウオッカの生産を削減する節酒キャンペーンを打ち出したという記事を見た。この記事を読んだとき、とっさにA教授の困惑の顔が浮かんだものだ。A教授に限らず、アルメニアの人はよくウオッカを飲むし、人によく勧める。仕事の合間も、パーティーの折も、ハイキングに行っても、ウオッカは手離せない。そのせいか、五十歳をすぎると手の震える人をよく見かけた。アラガツ山中にあるブラカン天文台では宇宙線研究の観測所を見せてもらったが、そこの大変偉い天文学者の体が震えていた。アルメニアの平均寿命は短いにちがいない。しかし、お隣のグルジアは長寿の国というし、いったい、どうなっているのだろうと思った記憶がある。

しかし、ゴルバチョフのアル中患者を減らすという政策は裏目に出る。ウオッカの密造が始まったし、酒税は、国の重要な収入源でもあったのだった。

笑ってすまされないニュースもあった。ナゴルノ・カラバフ紛争の記事である。ソ連解体の翌年、アゼルバイジャンにあるアルメニアのナゴルノ・カラバフ自治州がアゼルバイジャンから独立を宣言した。アルメニアはそれを助けるため、軍事介入し、戦闘となる。ロシアの仲介により、ナゴルノ・カラバフはアルメニアの領土となり、アゼルバイジャンの中にアルメニアの飛び地ができたのだ。その後も、両国は攻防が続いている。

実は、このナゴルノ・カラバフを一九九六年、夫が訪れている。アルメニアのエレバンでの学会に参加していたのだが、この惨状を見よとばかり、参加者全員、この地に案内されたのだという。なにしろ飛び地であるからヘリコプターに乗せられ、一時間少々、激しい戦闘のあった地に着いた。案内されたステパナケルトの大学では、入り口に戦死した学生の顔写真がずらっと飾られていた。大学から男子学生が消え、女子大のような観を呈しており、近くの墓地にも若者の顔写真のついた真新しい墓が林立していたという。

またヘリコプターで戻ったエレバンで騒動に出くわしている。大統領選挙の不正を巡り、デモが起き、それを政府軍が発砲した。デモ隊の反撃に、重々しい戦車が出てきて、エレバンの街を鎮圧した。それを見ていた夫は、なんと発砲された薬莢を大切に拾って帰国した。そういう物騒な事件もあった。

アルメニアとアゼルバイジャンの反目の一面をアルメニアの立場から見ると以上のようになるのだが、この二国間の対立は宗教の違いによることは少なく、原因は他にあると言われている。帝政ロシア時代に、帝政に向けられるべき反感をそらすために、わざわざ異教徒の混在するナゴルノ・カラバフという行政区を作ったことによるものだというのである。

しかし、ごく最近になって、アゼルバイジャンのバクー沖で油田の開発が進み、アゼルバイジャンのアルメニアに対する力関係が上がってきた。というのも、カスピ海周辺のオイル資源をロシアを通らぬ経路で黒海に運ぶルートができたのだが、それは仲の悪いアルメニアを避けて、グルジアを通ることになり、アルメニアは石油の恩恵を受けることがなくなったからである。

目を見張る変貌

このようにいくらかは聞いていたとはいえ、十八年の空白の後、私は再びエレバンにやってきたのだった。アルメニアは実際にどう変わったのか、ソ連崩壊後の独立国の様子を見たいという思いは強かった。

ナイーラに会うとすぐ、「日常生活のこと、街のこと、学校教育のこと、政治のことなど何でも聞かせて」と頼んだものだった。私があまり矢継ぎ早に下手な英語で質問するので困ったようだった。彼女の方は、母国語アルメニア語、かつての母国語ロシア語が完璧なのは当然だが、その上、流暢な英語も話せた。けれども、「消費税はあるのか、徴兵制はあるのか」といった難しい単語の入る会話になるとさすがに戸惑ったようで、彼女は手のひらにのるほどの小型のしかし分厚い英露辞典を持ち出してきた。こちらは電子日英辞典である。私たちの込みいった会話は、この二つの辞典を媒介にして進められたわけだ。

まずエレバン市内の目抜き通りを歩いてみる。大通りはマシエトツ大通り、アボヴーヤン大通りなど僅かに二、三本あるだけだが、以前とは比べものにならないほど自動車で溢れ活気づいている。かつては舗装もなくソ連製の古いおんぼろ自動車が砂煙をあげて走っているか、故障して止まっているかであったが、今は街に似合わずぴかぴかの外車が颯爽と走っている。

「どうしてこう外車ばかりなの、自前のメードイン・アルメニアはないの」

「自動車工場を作っても割が合わなくて全部輸入です」

となると、自動車を輸入する外貨はどうやって稼ぐのだろう。アルメニアの輸出品と言えば、ウオッカ、りんご、桃、葡萄などの果樹、羊の牧畜によるチーズ、建築資材の大理石、白土などだが、これでは輸入額に追いつかないだろう。煙草も外国産が並ぶ。ドルを欲しがり、米国産の物資が目につくのは、日本の戦争直後の進駐軍のいた頃を思い出させる。ガヤーネの夫は、外国産たばこの会社に勤めていて羽振りがいい。ごく最近できたというこの地としては飛び切り豪華なアパートに住んでいた。

公園に行けば、これが本当にあの公園かと驚嘆するほど様子が変わっている。かつては、小さなアイスクリームの出店がたった一軒あるだけのなんとも寂しい公園だったのに、今はどうだろう。コカコーラが出店、その広告の付いたテーブルや椅子がずらりと並んでいる。マクドナルドもだ。おまけに誰が食べるのか知らないが小さいながらもスシー・バーまである。なんたる変貌。

ものの本によれば、アルメニアの一人当たりのGNPは、他の共和国だった国と同様、ソ連時代より更に下がり、その値はアフリカの最貧国ともそう変わりなく、政府開発援助を多く受ける国だとある。そのことを、ナイーラに言うと、今や、二百万人ものアルメニア人が各国に散らばっていて、その中の成功した人が親族に送金してくれているという。たしかにアルメニア人は一族の団結の強い民族で、この話は十八年前にも聞いていた。

「あなたの家にとっては、その成功した人とはハイクね。お父さんにアルファロメオをプレゼントしたのだから」

と言うと、ナイーラはほんのちょっぴりというように指でゼスチャーをしながらも嬉しそうな顔をした。「今に、ハイク・A財団が出来るのでは」と私は言う。また離散アルメニア人の末裔には成功した人も多く、指揮者カラヤン、作家サローヤン、歌手シャルル・アズナブールなどもいる。

モスクワのアーチスト

一九九一年独立直後のアルメニアの様子を聞いてみた。案の定、生活も大変な混乱に陥ったという。

電灯が一日に二時間しかつかなかったという。旧ソ連のものである火力発電所、原子力発電所が使えなくなり、アルメニア独自のセバン湖の水力発電所だけでは賄いきれなくなったためだという。発電所だけでなく、旧ソ連の工場は閉鎖されたものがあり、エレバンで見たのは、酒の工場「アララト」と合成ゴムの工場「キーロフ」だけだったが、レーニナカンには、ソ連時代の名残か、繊維、食肉、砂糖のコンビナートがあるという。

エレバンの中央駅に行ってみた。この駅からはかつてソ連の各所モスクワやキエフなどに向かう列車が発着していた。今は、それらの路線はカットされ、国外に出るのはただ一つ、隣国グルジアのトリビシ行きのみになっていた。しかもそのトリビシ行きも二日に一回の夜行列車のみ。駅には人の気配が全くなく、線路に降りてみたが、ペンペン草が生えた所もあり線路の鉄がさび付いているように見えた。しかも、駅前の広場がなんと食料品などの市場になっている。東京駅の周辺にペンペン草が生え、野菜や食肉の市場になったようなものだ。

日常生活はどうなっているのか。一か月の生活費はどれくらいかを聞いてみた。

「一家族、月一〇〇ドルもあれば、結構いい暮らしができる」

との返事。またナイーラの以前の副校長時代の年金はどうなっているのかも尋ねてみた。

「ひと月十ドルぐらい貰っています」

とのことなので、ソ連時代の国債や年金などは新しい国に受け継がれたようだった。この辺の事情はぜひ聴いてみたいことであった。しかし、不思議なのは、お金のことを、アルメニアの通貨ドラムで言わず、ドルでいうとはどういうことだろう。相手が外国人だからと、ドラムをドルに変換して話してくれているようには見えない。前回の九八年もソ連の通貨ルーブルの価値は下りっぱなしで、紙屑だといっていた。銀行も信用できないので、〝たんす貯金〟とナイーラは言う。たぶん今もアルメニア通貨ドラムはルーブルと同じように価値を下げているのだろう。だから人々はドルを欲しがる。

今、勤め人の平均給料は二〇～四〇ドルだと、またドルで話していると、同行のアメリカから来たジュリエットが、

「ロスでは、日本人、一回の夕食のため、レストランで一人三〇ドルも平気で使うんだから」

と口をはさむ。たしかに、日本人にとっては、三〇ドル、四千円ほどはレストランの料理と

しては高い方ではない。東京で、ごく最近できた丸ビルのあるレストランでは、ディナーが一人四、五万はするのだが、その予約がなかなか取れないという話を聞いたばかりであった。

歩いているうちに、共和広場に出た。この広場の周りにずらりと並ぶバラ色の凝灰石で造られた建造物群。これらは確かに見覚えがあった。

「この広場の何処かに、立派なレーニン像がありましたね。何処でしたか」

「もう、ここはソ連ではありませんよ」

との返事が返ってきた。

「じゃあ、取り除かれた？　誰か他の人の像になった？　ひょっとして『アルメニアの父の像』とか……」

広場をちょうど半周して、アルメニアホテルまで行った。その横が、レーニン像のあったところだった。台座は取り除かれているが、その場所はそこだけ四角に芝生がなく、レーニン像があった所だと分かるようにしてあるようだった。

前回来たとき、エレバン全市を見下ろす丘にあったというスターリン像は、すでに取り除かれ、その台座の上には、「アルメニアの母の像」というのが鎮座していた。その「アルメニアの母の像」を見た後、この共和国広場に来て、レーニン像を見せてくれたA教授に、「そのうちレーニン像も取り除かれる運命ではないか」と私が冗談をいい、「そうなるかもしれないから、もう一度このエレバンに来てみなさい」とA教授が言ったまさにその場所だった。私は今、再びエレバンを訪れることができ、こうして予想通り取り除かれたレーニンの像の取り残された台座の前に立っている。なんとも感慨深い思いであった。

また別の日、ナイーラとこの広場を通りかかった時、面白い光景に出くわした。

「ほら、レーニンが来ているよ。レーニンよ」

と、ナイーラは大声をだし、私を引っ張って、レーニンの台座の方に連れて行った。私は何の事だかわからなかったのだが。

「レーニンよ。モスクワからのアーチストよ」

台座の前に、おどけたような男性が一人立っている。よく見るとその男性のいでたちがなんとなくレーニンに似ている。鳥打ち帽子が頭に乗り、片方の手を胸のポケットに入れ、もう一方の手に赤い旗を持っている。そしてなにやら演説している。

「確かにレーニンね。何を演説しているのかしら……」

「はっきりしないんだけど、きっと、昔の方がよかった。共産主義に戻ろうと言っているのよ」

土曜日、日曜日になるとこの人物は必ず同じいでたちで、この場所に現れるのだという。しかし、この人物の何が目的なのか分からない。写真を一緒に撮らせてくれるのだが、金銭を要求するでもなく、本気で共産主義のよさをアジっているわけでもない。共産主義の回し者ではと用心したのは初めだけで、エレバン子は頭をひねったという。そして、この広場の名物になっているこの人物を〝モスクワからのアーチスト〟と称して親しんでいるというのだ。

何事もモスクワにお伺いをたてなければならなかった共和国時代から十年、開放されたという喜びと裏腹に、一つの国としてやっていかなければならない並大抵でない困難が、日常生活にも影を落としているとみた。〝モスクワのアーチスト〟はもしかしたら、エレバン子たちの共和国時代へのノスタルジーの一つの表れではないだろうか。

エレバン大学

エレバン大学の数学の講義と高校の授業を参観させてもらえるよう、ナイーラが手はずを整えておいてくれた。ただ、大学ではちょうどその時間帯に私の聞きたい講義がなく残念だった。

思えば、私が大学で数学の勉強を始めた六十年代前半には、ソ連はアメリカと並ぶ数学大国であった。確率論のマルコフ、ヒンチン、それにコルモゴルフ、制御理論のポントリャーギンと、まさにきら星の如き数学者を擁していた。私のいた大学では、特に確率論の研究が盛んで、勉学の志に燃えていた学生たちの中には、ソ連の学者のロシア語で書かれた著作が英訳されるのを待つのももどかしく、ロシア語を独学する人もいた。実は、私の修士論文はこのポントリャーギンの制御理論に関するものだった。

ソ連時代より前、帝政ロシア時代にも、ロバチェフスキー、ミンコフスキーなど数学史に残る数学者がいた。ロバチェフスキーは非ユークリッド幾何学の創設者となり、ユークリッド幾何とは異なる幾何学も整合的に成立することを示したのだ。また、ミンコフスキーはアインシュタインの特殊相対性理論に対して、幾何学的意味を与えた。ミンコフスキーの空間と呼ばれている。

もう一つ、ソ連の数学で特記すべきは、六十年代に世界的風潮であったかのブールバッキの影響を嫌ったことである。ブールバッキは、数学全分野を集合論的アプローチ、公理的アプローチでもって記述しようとした。今ではあまり聞かなくなったが、私たちの学生の頃は、ブールバッキの何冊もの本を読んだものだ。ところが、ソ連ではブールバッキにポントリャーギンが批判的であり、数学カリキュラムから、その弊害を取り除こうとした。

九十年代以降、ソ連崩壊後の各共和国では、ソ連体制のもとで、科学アカデミー、大学、高校での数学の水準を引き上げ、欧米とちがう数学のカリキュラムが組まれていると聞き興味津津だったが、効果のほどはどうだったのか。高校の数学の授業を参観し、アルメニア語のテキストを集めたのだが、ありがたいことに、数字、記号は万国共通でよくわかる。その限りにおいては、程度は日本よりずっと高かった。

アメリカから来ていたジュリエットとよく行動を共にした。祖父母はアルメニア人だが、彼女は、アメリカで育ったため、アルメニア語は全く解さなかった。隔世遺伝でか、アルメニア人の風貌であって、ナイーラをして「アルメニア人以上にアルメニアぽい」と言わしめた顔姿であった。ジュリエットが言うには、

「初めて、エレバンに来たときの驚きは凄かった。だって、街に自分と同じ顔をした人が一杯いるんだもの。気味が悪いほど、私に似ているのだから」

であった。

そのジュリエットとナイーラの三人で、エレバン大学のキャンパスを訪ねる。アルメニアには珍しく木立もある、明るいキャンパスには、学生が三々五々颯爽と歩いている。エレバンに来て、初めて何かほっとしたような気分になるのは、国の情勢や社会情勢がどうであれ、キャンパスまでそれが及ばないのか、若者特有の雰囲気があるからだろうか。ジュリエットにとっては、更に祖父母の地なのだから、故郷に帰ったような気分も加わるのではなかろう

か。実際、とても喜々としている。

校門近くに、大きな像があって、ナイーラが「アルメニアの数学者の像よ」というので、アルメニアの数学者と言うと誰だろう、何を研究した人だろうと話を聞きたかったが、ジュリエットが一人でさっさと校舎の中に入って行くもので、その数学者の名前を手帳に書いてもらっただけでその場を後にした。

「おい、おい、ジュリエットさん、一人で行かないで！　はぐれてしまうよ。あなたアルメニア語もロシア語も皆目わからないと言っていたでしょう」

と追いかける。学校の中とはいえ、私たちからはぐれて、迷子になれば、アルメニア人の顔をしているのが逆に災いして、このご婦人は話が出来ないのか、アルツハイマーの初期状態〝チョットハイマー〟にかかっているのかと疑われるからと私は言いたいところだった。

そのジュリエットと二人で、ジュリエットの希望する授業を教室の後ろで参観させてもらう。言葉がわからず、何の授業なのかさっぱりわからないが、四十人ほどの学生はほとんど女子だった。講義をしていた女性の先生が、後ろで聞いている私たち二人に、何か話しませんかと英語で言ってくれた。私はすかさず「ノー」と手振りで示した。ところがジュリエットは違っていた。待ってましたとばかりしゃしゃり出て、教壇に立つと、颯爽と講義らしきものを始めた。大きなジェスチャーに、けたたましい英語、私は唖然としたが、ジュリエットはかまわず話し続けた。学生たちは静かに聞いていた。彼らは、アルメニア人の顔をしたアルメニア語を話せない人の飛び入りの講義に異様な興味を持ったのかもしれない。最後に、ジュリエットは、「何か質問はありませんか」と言ったが、誰も質問をしなかったところをみると、学生にもこの講義の内容は分からなかったのかもしれない。でもジュリエットは嬉しそうだった。あとで、

「いったい何の話をしたの」

と聞くと、すました顔で、

「ライフ・サイエンスの話」

との答え。この答えの真偽のほどは分からないが、ライフ・サイエンスとは、私たちの今回の学会の名前だった。

お隣の国グルジア

隣国グルジアからも、この学会に十名近い参加者があった。

普通、多くの国が密集している地域では、すぐお隣の国とは仲が悪く、その一つお隣の国とは仲が良いというのが一般的であるが、ここアルメニアはグルジアとだけは例外である。

アルメニアが隣接しているのは四か国、イラン、トルコ、アゼルバイジャン、グルジアであるが、トルコとは長い年月にわたり憎悪あるのみといったところだし、アゼルバイジャンとも前述のようにナゴルノ・カラバフを巡って小競り合いを続けている。僅かに開いたイランとの国境とグルジアが陸路の出入り口になっている。

グルジアとは商業取引も盛んで、エレバンの中央駅からグルジア首都トリビシに向かう路線だけは残っていることからしてもわかる。学会中、ガヤーネの夫が、朝、会場にちょっと顔を出し、「これから、商用でトリビシまで車を飛ばします」と言ったのだが、その日の夜のレセプションの終わり近くには姿を現し、皆に拍手で迎えられるというようなこともあった。エレバンとトリビシ間はこのような行き来が盛んなようだ。

そのグルジアからの出席者の中には、とても愉快な男性がいて、ランチやディナーの席では必ず乾杯（トス）の音頭をとった。そういう人を「タマダ」と呼んでいるようだったが、アルメニアでのグルジア人のタマダだったので、少々顰蹙をかったようでもあったが、彼は構わずタマダの役を務めた。

グルジア人の何人かの女性とも英語を使って話をしたが、その中に、とても聡明な女性がいた。彼女は、グルジア語、ロシア語、英語、フランス語を完璧に話すようだった。何ヶ国語かを自由にあやつっているという語学の天才のような人に出会うのは、そう珍しいことではない。英語で聞く方はなんとかなっても話すほうはそうはいかない私は、そういう人に出会うと消え入りたいように恥ずかしくなる。しかし、問題は話の中身である。このグルジア人女性の話はなかなか半端でなく高尚なのである。日本のこともよく知っていて普通、三島由紀夫というときは、たいてい「ハラキリ」の一言ぐらいで片づけてしまうのがおちであるが、彼女は造詣が深いというのか、日本人の死生観にも及んだ。ただ知っていることをぶちまけるのではなく、相手の私が日本人であることを考えに入れての話しぶりである。「源氏物語」を研究しているといった外国人にも会ったことはある。自分の研究内容をとうとうとぶちまけ、日本人の私がそれを知らないということに気後れさせるような話し方であった。そういう人に対しては「そうは言っても、あなたには日本人の情緒はわかるまい」との嫌味の一つも言いたくなる。しかし、彼女の場合は、私にそのような思いを少しもさせない。こういう人を本当に聡明な人というのだろうと、私はすっかり感じ入ってしまった。

私もグルジアのことを話すか、尋ねるかをしなければならないとは思った。だが、グルジアの詩人や文学者を誰も知らなかった。ならば、この地方コーカサス（ロシア語でいえばカフカス）にゆかりの詩人なり、文学者の話もできたはずである。それは、『カフカスのとりこ』『エヴゲニー・オネーギン』を書いたプーシキンの話でもよかったし、クリミア戦争でこのコーカサスに従軍していたロシアの文豪トルストイの話でもよかったろう。そうなれば、日本人のお株も少しは上がるというものだろう。

　グルジアについて、私の知っていることと言えば、長寿国であることと、マルクス・レーニン主義のもとでプロレタリア独裁をしたかの鉄人スターリンの故郷であることだけである。スターリンは小国グルジアに生まれ、ソ連のトップにまでのし上がった。しかし、その評価は、ソ連共産党大会でフルシチョフがスターリン及びスターリン主義を糾弾する演説を行って以来、地に落ちた。様々な悪政、血の粛清、農民虐殺、少数民族弾圧などあばかれた。（ナゴルノ・カラバフの紛争の元を作ったのも実はスターリンであった）スターリンの遺体もそれにつれて、レーニン廟から、廟の後ろの粗末な墓に移されている。

　お膝もとのグルジアで、スターリンのことがどう思われているのか聞きたかった。それをグルジア人に尋ねるには、何か考慮しなければいけないことがあるような気がした。しかし、その辺りの微妙なニュアンスを出せる程英語は上手でない。英語を習い始めた中学生のような質問を彼女にすることになった。

「スターリンはグルジア出身ですね」

「そうです。ゴリという町の生まれです」

「グルジアの街には、まだスターリンの像がありますか?」

「ゴリにはあります。スターリン広場があり、そこにあります。スターリンの貧しい生家の横に、スターリン記念館があり、歴史的な場面の写真が展示されています」

ゴリにはあるという言い方には、たぶん首都のトリビシなどにはないということだろう。後でトリビシの地図を見ると、やはり〝グルジアの母の像〟とある。グルジアでもアルメニア同様、街を睨むスターリンの像が取り除かれ、その台座の上に、あたりさわりのない母の像が作られたのだろう。レーニンの像の方は聞かなかったが、これもアルメニア同様、おそらくは取り除かれ台座だけが残っているのではあるまいか。

話はそれまでだった。彼女は「どうしても明日、帰らなければならない用事がある」と言って、トリビシに帰って行った。グルジアからの出席者は、宴会を盛り上げ乾杯前にスピーチを行いタマダ役を果たした例の愉快な〝タマダ〟氏を含めて、その夜のうちに全員帰国してしまった。別れた後で、彼女の渡してくれた名刺を見ると、彼女はトリビシ国立医科大学の内科の教授で、その他、学会などの長を三つも兼ねている人であることが分かった。なんと爽やかで聡明な女性なのだろう。グルジアは飛び切り優秀な人物の生まれる国なのかもしれないと、私の中でグルジアの評価が上がった一コマであった。

エチミアジンとセバン湖への遠足

会議の中日、ガイド付観光バス（なんと冷房付なのである）に乗って、アルメニア正教の総本山エチミアジンを見学に行く。エレバン市街より西へ二〇キロほどの距離である。

アルメニアは世界で最初にキリスト教を国教とした国であるといわれるから、このエチミアジンが世界最初の公式教会となるだろう。アルメニアのキリスト強化に力を注いだグレゴリウスが四世紀初め、エチミアジンの大主教となり、ここに居を定めたのだという。

世界各地で見てきた立派な大聖堂に比べれば、エチミアジン大聖堂は小規模で見劣りする。外観はとんがり帽子の屋根が三つあり独特の雰囲気を醸し出すが、内部はドームの天井をもつ小さな十字架の会堂があるだけの簡素なものである。世界に散らばるアルメニアの離散民の寄付で作られたという。小高い崖の上にあるわりに、敷地が広くとられ、小公園のようになっており、その隅に僧院と会堂を持つ。

日曜日の十一時からの礼拝に合わせての見学だったが、既に合唱隊の歌が響き、大司教らによる宗教儀式が厳かに始まっている様子が外から見てとれた。妙なる讃美歌が聞こえてはいたが、私自身の事について言えば、エレバン到着の一日後からおかしくなった胃か腸の具合が、ここでまたさらに悪くなっていた。（前回の時も下痢続きで一週間の滞在で二キロ痩せたし、二か月滞在した人で二つズボンのベルトの穴がずれたという話も聞いた。水や生野菜は摂らないようにしていたが、油が駄目なのかもしれない）皆のように礼拝堂に入る元気もなく、外のベンチに座り、そことトイレを往復しているのがやっとだった。

ガイドさんによれば、礼拝堂の祭壇の脇にはノアの方舟の破片と、キリストの脇腹を刺したと言われるローマ兵の槍が展示されているとか、あるいは展示されていたとかいうことらしい。ぜひ見るように言われたが、とても見に行く元気がない。

そのうち、礼拝が終わったようだ。すると、二〇名ほどの黒い礼服の修道会のメンバーらしき人々に、先導されて大司教が聖堂から出てこられ、庭の隅にある僧院へと向かわれるようだった。あとで聞いたのだが、この大司教は前大司教の死去により最近選ばれたばかりであり、またその日は大司教の誕生日にあたっていたので盛大だったのだという。その大司教の行列に人々の列が取り囲んだ。だいぶ前からそれを待っていた人もいたようだ。私もベンチから立ち上がると、大司教の引力かものめずらしさか、そこまでふらふらと歩いて行った。

最初に大司教に近づいたのは、ずっとこの時を待っていたような迷彩服をきて片足を失った兵隊のような女性だった。その女性は大司教のすぐそばに出、大司教の右手に持った十字架にキスすると、大司教はその女性に優しい目を向けた。次々に何人かが同じことをした。

行列が私の直ぐ近くまで来た。すると大司教のわきのこれまた立派な儀式の服の準大司教ともおぼしき人が、あなたもやりなさいと、目で私に合図するではないか。信仰のかけらもなく、おまけに礼拝もしなかった私がそんなことをしては罰が当たると躊躇したが、また一方でこんな機会はまたとないとあらぬ勇気を出した。私はおもむろに大司教の前に進み出て、その手の十字架にキス、大司教はほほえみ、私の手の上にその手を乗せて下さったのだ。その間十秒ほどか。行列は通り過ぎた。

「なに、ヨシコが大司教にブレス（祝福）されたと……」

帰りのバスの中が一時賑やかになった。

「ローマ法王にブレスされたようなものだね。めったにありえないことだ」

「アルメニア正教に改信すべきだ」

「きっといいことがあるよ」

下痢続きで、いいことなんか少しもないと私は思った。

「きっとヨシコは天国に行けるよ……」

との声、

「今、すぐだよ。ダイレクトに天国に行く……」

と物騒な声も聞こえた。

しかし、現金なもので、アルメニア正教の大司教にブレスされたとなれば、そのアルメニア正教なるものについて少し知っておかねばならないと、から元気を出して、帰りのバスでガイドさんに説明願った。それによると、アルメニアにはもう一人、大司教という人がいるそうで、それはキリキア大教会堂の大司教と呼ばれる人だという。それには長い歴史があり、十一世紀に、当時首都として栄えたアニの陥落により、アルメニア人がキリキアに移動したため、キリキアに正教座が移ったのだという。しかし、今では、このエチミアジンの大司教のみが「全アルメニアの」という形容詞をつけることを許されているのだという。

「ソビエット時代、アルメニア正教はどういう取扱いになっていたのですか」

私の一番聞きたいことを、ジュリエットが尋ねてくれた。ソビエット政権の最初の頃は、想像通りのアルメニア教会と国家、特に党との関係は悪化し、教会財産の国有化が行われたし、いくつかの教会を除いて、閉鎖された。しかし、その後、ソビエット政権は寛大な宗教政策をとるようになったのだという。

エチミアジンの大司教の名前だけは覚えておかねばと、何回か聞いたが、覚えられない。ジュリエットは先程教会の売店で買ってきたという、大司教の肖像画の絵葉書を私にそっと渡してくれた。

「せっかく買っていらしたのに……」

「いいえ、あなたはブレスされたのだから」

「あなたはアルメニア人の血を引く人だからアルメニア正教でしょうに……」

「私はまたアルメニアには来られますから」

ということで、とうとう私が貰ってしまった。今も大事にその大司教の肖像画は持っている。名前も書かれているのだが、あいにくアルメニア語のようで皆目読めないでいる。だから大司教さまのお名前も知らないのである。


バスはひとたびエレバン市街に戻り、昼食をとると、それからセバン湖への遠足である。体調を考えればここで私は止めておくという手もあったのだが……。学会のプログラムには、セバン湖への遠足があるということがちゃんと書かれているのに、前日の会議をエスケープ、さき回りしてセバン湖に行ってきた人たちが数名いた。その人たちは、そこでエリツィン氏を見たという。

「え？　エリツィンさんってまだ生きている人だった？」

「歩いていたのだから、生きているでしょうよ。泳いではいませんでしたがね」

「お供は沢山いた？」

「いや、それほど多くはなかった」

こんな会話が飛び交った。私は、ロシア語通訳でならした米原万里さんのいくつかの本を通してエリツィンさんのことは知っていた。そのエリツィンさんがいるというニュースである。

実は、この二日後、会議終了後、ディナーの会が、エレバン市街の有名なアルメニア料理のレストランで開かれた。食事もよかったが、バンドがアルメニアの物悲しげな音楽を流していた。その時、私たちもアルメニアダンスに興じたが、その隣室がなんとエリツィン様御一行の場所だったという。これは、私たちが散会した後に教えてくれたことだったが。

すでに、引退したとはいえＶＩＰである、こんな所に何故と思うのだが、この辺り、あるいはもう少し北のコーカサスのかつてロシアに属する辺りは、温泉地帯で、帝政時代から保養地として知られていて、休養のため多くの要人が訪れたのだという。ゴルバチョフ元書記長も、この温泉地で、休暇に来ていた当時のブレジネフ書記長に会い、それを機会にとんとん拍子に出世の糸口を掴んだといわれているとのことだった。

今回のエリツィン氏のアルメニア滞在は温泉に休養に来たついでに足を伸ばしたのかもしれない。次の日、テレビで、エレバン空港を飛び立つエリツィン氏が写っていたから、セバン湖の話もレストランの話も本当の事だろう。

セバン湖は、エバン市から北に二〇キロほど離れた標高二〇〇〇メートルの地にあって、チチカカ湖に次いで高地にある湖として知られる。海を持たず山岳地帯に住むアルメニア人にとっては憩いの地であると同時に、水の発電所があり、エレバン市街に電力を供給するし、そこから出るザンカ河の大量な水は農地への灌漑用水となる重要な湖である。そのセバン湖への道が舗装され、道の両脇に少々ながら木なども植えられている。十八年前にも通ったこの道は小石混じりの砂利道で、おんぼろ自動車にぎゅうぎゅうづめになりながら走ったものだ。道のあちこちに故障車があり、修理する人たちを沢山見ながらであった。

アルメニア人の心のふるさとであるというセバン湖は、夕日を受けると、湖の色が変わるという。あの時、A教授は、

「若いころのナイーラの眼の色だ」

と青く変わった湖水の色を見ながら言ったものだった。十八年前の夏、若かった私たちはこのセバン湖の冷たい水で泳いだのだった。今回、十月中旬の湖で唯ひとり泳ぐと言って皆の顰蹙をかったのは老A教授だった。

一度収まりかけた午前中のエチミアジンでの腹痛、下痢が再発し、私は、湖のほとりの小高い丘にある古い小さな教会を見に行かず、皆と離れて草の中のベンチに倒れ込んでいた。寒さと相まって、また一段とひどくなりだし、数時間前、誰かが言った

「ヨシコは天国に行くよ。すぐに、ダイレクトにね……」

という言葉がひょいと頭をもたげてきて、随分きついジョークを言った人がいたもんだと思った。

気が付くと、何人かの人が集まってきてくれていた。そして、泳いでぬれねずみになったA教授も駆けてきて、「これを飲めば治るよ。はやく飲め」と、瓶に入ったウオッカを差し出すではないか。

「せっしょうな……」

今、ウオッカなど口にすれば、間違いなく、すぐに、ダイレクトに天国行きになる。A教授はこのウオッカを冷たい湖で泳ぐために持ってきていたのだった。

「ウオッカ」

しかし懐かしく響くこの言葉。前回は事あるごとにウオッカを勧められたり、時には無理に飲まされたりもした。今回宴会の席では一度も勧められはしなかったし、ウオッカはビールやワインに取って代わられ、その言葉さえ聞かなかった。ソ連時代が終わり、アルメニアも文明国入りかと思う矢先のウオッカだった。

ああ、ウオッカもバッカスの神も、エチミアジンの大司教様も我を見捨て給うた！

ジェノサイド

アルメニアには、トルコによるジェノサイド（民族虐殺）といわれる悲劇があったということを知ったのは、前回のアルメニア訪問の時であった。アルメニアに行くとすぐ、アルメニア人がオスマン・トルコ帝国の末期、一九一四年から十五年にかけて、一五〇万人殺されたり行方不明になり、その数は、第二次世界大戦でのユダヤ人の犠牲者の数より多いのだと聞かされた。

しかし、このことは、世界史でも習わなかったし、私の手持ちの世界年表にも一切記載がなかった。それは不思議なことであった。アルメニア人と話している限り、トルコに一方的にやられたというこのジェノサイド、それが日本で学ぶ世界史から欠落しているとは。前回の帰国後、もう少し詳しく歴史の本で調べてみた。それによれば、アルメニアと、国境を接するトルコの間の小競り合いは、長い歴史の間には、他の国々の間でのそれらと同様、たびたび起きている。問題のジェノサイドのことの起こりは次のようになる。

一九一四年、トルコが大戦に参戦し、ロシアと戦うことになる。「青年トルコ党」といわれる人たちが、アルメニア人、グルジア人、アゼルバイジャン人に、コーカサスに住むロシア人に対する反乱を起こそうと提案する。その見返りに、トルコとの国境地帯に、アルメニアの自治国を作ると約束した。ところが、アルメニア人は、ロシアが勝つだろうとみて、それを拒否した。アルメニアの兵士はトルコ軍から脱走して、ロシア軍に身を投じたりした。ゲリラ化した兵士たちが、トルコの村々を襲ったりしたため、アルメニア人に対する憎悪の念が強まった。そして、トルコの報復が、民族絶滅を意図して始まった。トルコは、アルメニア民族をいくつかの地に集めさせ、シベリアやメソポタミアの砂漠地帯に移住させた。

トルコはもちろん、アルメニア人のいう通りには残忍行為を認めない。戦争中の出来事で、どこでも起こることだとした。逆に、アルメニア人がこのジェノサイドの首謀者とする人物を、トルコは民族の英雄に祀り上げ、記念碑を建てた。トルコ共和国政府は、アルメニア人を三十万人処刑し、移動中に三十万人が死亡したということだけは認めている。

その後、この事件は国連でも取り上げられ、人権委員会は、長い議論の末、一九七三年に提出した報告書で、アルメニアのジェノサイドが、二十世紀最初の民族大虐殺だとした部分を削除した。

一方、フランスでは議会で二〇〇一年に民族虐殺認知法を制定し、アルメニアのジェノサイドを認める決議をした。フランスがこの問題に敏感なのは、国内に四五万人のアルメニア人が居住していることや、ヨーロッパでのイスラム化を極度に警戒しているためだと言われている。最近になって、フランスはトルコがジュノサイトを認めなければ、ＥＵ加盟に反対すると言っている。また、ジェノサイドを否定すれば、有罪となる立法化が進んでいる。トルコでは、逆に、ジェノサイドを発言したり記事化すると、刑法の国家侮辱罪で訴追されるという。ごく最近の日本の新聞にも、トルコ記者が殺されたという記事を見た。

ジュリエットの祖父母はアルメニア人だとはすでに書いたが、どちらも祖父母の代にアルメニアを脱出して生き延びた人たちだ。祖父の一人はキエフに逃げ、それからアメリカに渡った。以後、祖父母は唯一度もアルメニアを訪れてはいないという。

もう一人、娘を連れて、ロスアンゼルスから来ていた大学教授の女性も、祖父の代にアルメニアを逃げ延びた人で、彼女にとっては初めてのアルメニア訪問であった。

会議の合間に、今回もアルメニア人虐殺博物館のあるツィツェルナカベルトの丘に連れていかれた。前回の時より見違えるように立派な建物になっていた。資料館もできていたが、そこに展示されている写真や絵のむごたらしさ。そこまで展示する必要があるのかと疑問を覚え、私はすぐその場を離れて、隣にある記念碑に向かう。それは空に向かって高く建てられた三角形の塔で、地下に下りると、その中心部に火が燃えている。オスマン・トルコ帝国により虐殺された一五〇万人のアルメニア人犠牲者を悼むこの火は、日夜、消えることなく燃え続けているのだという。

ツィツェルナカベルト丘のあと、トルコとの国境に最も近い村に行く。はるか遠くに、今はトルコ領となっている雪に覆われたアララト山が望まれる。世界中に離散している二〇〇万ともいわれるアルメニア人が、祖国アルメニアを思う心の拠りどころとするアララト山である。大アララト山は海抜五千メートル、かたわら左手にある小アララト山は四千メートル。

旧約聖書の創世記によれば、ノアの方舟が漂着したのが、このアララト山のふもとあたりなのだという。ノアの孫のそのまた孫のハイエクがアララトの里に住みつき、ハイアスタン（アルメニア）の名でよばれるようになった。アルメニア民族の起源はこのように大変古い。

国境ぎりぎりにある教会の裏山に立ち、遠くアララト山のあるトルコ領を眺める。ここの国境は川や海などに沿ってあるのではなく、人工的にフェンスで線が引かれている。このフェンスに沿ってその向こう側二キロが両国の緩衝地帯で、朝から夕方までの時間が決められ、アルメニアの農家の人がそこで畑をすることが許されているのだという。確かによく見ると、フェンスに何か所か開いたところがあり、そこから出入りして、畑を作っているのだろうか、人影が動くのがわかった。

雄大なアララト山をはさんで、睨みあうように立つ二つの建造物、このトルコのモスクとアルメニアの大聖堂は、私には、二国の間の長い憎悪の歴史を象徴するような光景に映った。

会の終わり

学会の最後の日になって、ちょっとした混乱が生じた。参加者全員が、学会参加費とホテル滞在費をドルの現金で支払うように言われたのである。それもかなりの金額である。欧米や日本のホテル代に比べても高いし、アルメニア人の平均サラリーが月に四〇ドル位ということからしても、その金額は途方もない値段であった。参加者の誰一人、そのような高額なドル紙幣は所有していなかっただろう。

「私、支払います」

と言った人が一人いたが、その人はドルとドラムの聞き違いであったのか、ドラム紙幣を出していた。その数字のドラムなら、軽く支払える金額になるのだが、なにしろ、ドラムとドルは二桁以上の違いがあるのである。(一ドルは五百ドラムほどだった)

「そういうことは、先に言っておくべきです」

とアメリカ人の一人が不快感を言葉に出したが、アメリカでなくとも、どこの国でも、それは常識に違いない。

前回の時は、参加費だけでよく、それもアルメニアのお金ドラムで支払ったという人もいたし、こんなに高いのなら、もう少し滞在を短くすればよかったという人もいた。グルジアの人たちは、このことを知っているから自分の発表の日だけですぐ帰ったのだろうなどとの話も出た。

全員、支払いに困ったのだが、それを見込んでか実はちゃんと解決策も用意されていた。カードでドル紙幣に出来る銀行が一つだけあると言って、そこに連れて行かれて、そこでやっと支払いが完了するという始末だった。少々、後味の悪い会の終わりではあった。入国早々にドル騒動があり、帰国直前のまたのドル騒動ではあった。

一人去り、二人去り、最後まで残っていたのは、ウィーン行きの飛行機を待つ私たち数人になった。朝三時半、ホテルを出てまだ暗いエレバン空港に着くと、A教授を始め会議の関係者数名、ガヤーネとその夫、そしてナイーラが見送りに来てくれていた。

十八年を経て、再び訪れることのできたエレバン。しかし、〝再び〟があったからと言って〝三たび〟があるとは信じ難い。〝三たび〟を期することは私にとっては難しかった。たぶんそれはナイーラにとっても同じだったろう。ナイーラを日本に誘うことはあるいは出来たかもしれない。事実、彼女と一緒の時は、そのことを何時も考えていたし、口に出してもいた。だが、この別れの時におよんで、私はそれを言い出せなかった。忘却の度合いは、物理的距離に比例する。もうそれでいいのだと。

ありきたりの別れの挨拶をすますと、十八年前と同じように、飛行機はまだ明けやらぬ闇のなかを爆音を残して飛び立った。

あとがき

ここに収めた八編のエッセイは、この十数年間に折にふれて書き溜めたものです。数学者の家庭に育った子供時代、六十年代には来日したウイナー、フィッシャー、ベルマンなど幾人もの高名な数学者が我が家を訪れるということもありました。

私自身も長じて数学を学び、その後、数学の教育、研究に微力ながらたずさわってきました。

それから、兎走烏飛《とそううひ》、年月は速やかに流れ、今では、嘯風弄月《しょうふうろうげつ》、風雅の世界に遊ぶのをよしとする身になりました。しかし、当時の数学漬けの日々の中で考えたこと、数学に関する見聞、数学への憧憬などは私にとっては今でも忘れがたい貴重なものです。

四十年間に及ぶ大学勤務時代には、学会やシンポジウムなどの出張、または休暇で多くの国々を訪れました。遠い異国で見た風物も忘れがたく、当地の人々との心暖まる交流もありました。北極圏のアラスカ、スコットランド、アルメニアなどが印象深いところでした。

ある過去の出来事を、ある時、思い出して書くということは、脳の中に貯えられている一連の連続した記憶の中から心にひっかかる出来事を断片的に選び出して書くことですから、当然、その時の心情に影響を受け、バイアスのかかったものになっているはずです。そこで、「私の過去はそれを考察するかぎり私の過去であることを止める」というある哲学者の言葉が思い浮かぶのですが、書かれた過去は純粋の過去ではないと言えるのでしょう。

では、純粋の過去とはどういうものかと考えるとき、「過去のパノラマ」という現象に行き当たります。それは、人が生を終えるまさにその瞬間に、一瞬、その人の全過去がプレイバックされるという現象で〝死のまぎわの生涯の幻〟とも言われるものです。之こそは、脳に記憶されたままの純粋の過去なのかもしれません。

実は、こんな事を考えながら、このエッセイをまとめたのでした。

収めたエッセイは瓦礫累々《がれきるいるい》の類で、はたして出版に値するのかと躊躇もしましたが、一冊の本となり出版されるのはやはり読んでいただける機会ができたことになり、うれしいことです。しかし、今改めて読み直してみると、全篇に〝蕪蔓《ぶまん》の蔽《おお》うを愧《は》じる〟との心境にもなります。読者のご寛容を願うばかりです。

出版にあたっては、鷗鳴《おうめい》の先達、元「文藝春秋」編集長、岡崎満義氏、西田書店の日高徳迪氏にたいへんお世話になりました。お礼申し上げます。

二〇一五年杪秋

竹中淑子

著者略歴

竹中淑子（たけなか　よしこ）

福岡市生まれ
九州大学理学部卒業
慶応義塾大学名誉教授
理学博士
裁錦会会員（雅号、玉理）
日本エッセイスト・クラブ会員

主な著書

『数学からの7つのトピックス』（培風館）
『時有りてか尽きん』（慶応義塾大学出版会）
『漢詩を詠む日々』（慶応義塾大学出版会）

随筆集数学者の家

二〇一五年十二月五日初版第一刷発行

著者　竹《たけ》中《なか》淑《よし》子《こ》

発行者　日高徳迪

装丁　桂川潤

印刷　株式会社平文社

製本　株式会社善新堂

発行所　株式会社西田書店

東京都千代田区神田神保町二－三四山本ビル

TEL〇三－三二六一－四五〇九

FAX〇三－三二六二－四六四三

〒101－0051

ISBN978-4-88866-599-5 C0095